月見似妳，溫柔如他

凝微 著

目次

章之一　在鳥籠裡搖晃的秘密

暗戀一個人，是什麼樣的感覺？

當他的笑顏染紅妳的雙頰，心跳快得不像是自己的，那就是了。

我的心臟快從胸口跳出來了。

那天，我一如往常提早到校，明明離教室還有一段距離，卻已經開始緊張。教室中那個獨自念書的身影，我看著、想著、期待著他的反應。不受控的思念，自窗沿的縫隙流洩而出。

什麼時候……

我們會發現自己喜歡一個人？

壓抑著情緒，我走進空蕩的教室，每一步都像是踩在危橋一樣無措。但，當我走近那個人時，卻又能從他身上偷取一絲安心的錯覺。

「早安。」

在一如往常的日子裡，我貪戀這一聲早安，很久很久。

他終於有了反應，抬眼對上我的視線。他的眼珠很黑，目光很深，淺淺淡淡地將我看過一遍，便不怎麼意外地回了聲「早安」。

而我，也依然為他染紅了整個雙頰。

到這裡，我是該滿足了。我迅速走向座位，把自己埋在那張椅子上。這天，和過去並沒有什麼不同。

坐在位子上沒多久，我就看見坐在前排的他站起身來。他走上講台，開始整理黑板。我暗自竊喜，也跟著離開座位往講台走去。

這學期，我的打掃工作幸運地和他排在一起。

即使他從來沒主動向我打過招呼，總是注視別的地方，笑容也不是刻意對我……

「那邊我弄好了。」他看看我正在清理的板桌。

「好！」我擠出笑容，感覺到失措的心跳。

但，我還是會為了他不經意的一句話而雀躍不已，暗戀就是這麼一回事吧！

結束工作後，他出去外面洗抹布，我才又悄悄地跟上去。我還刻意放慢在他隔壁洗手的速度，直到他擰乾抹布，拎著它回教室，我才收回像是變態一樣的眼神。

幸好，這個世界對女性變態比較寬容，否則我應該早就被報警處理了。

突然，有人輕快地在我肩上拍了一下：『嘿！月見。』

我嚇了一跳，轉頭對上我最好朋友的目光，「……喬喬？」

「妳又在偷看他了喔？」她笑得很賊。

「才不是『又』！」

「喔——真的嗎？」

她不相信，但沒關係，反正我也不相信我自己。

她心情很好，笑著回到了座位上。老實說，喜歡他的秘密只有喬喬知道。我曾想過，就算地球毀滅，我應該也不會把這個秘密告訴任何人。

包括他本人。

這心情，我想喬喬是很懂的。她也有喜歡的人，雖然我沒見過他，但似乎也很優秀。在優秀的人面前，我好像什麼也做不到，更別說告白了。

「唐月見，妳過來一下。」

早修才剛開始，班導就把我叫了過去。我應聲，低著頭往講桌走去。那瞬間，像浪潮一樣的壓力將我團團包圍——

我不討厭班導，但是，因為她很偏袒我，還常常吩咐我監視大家的狀況，所以……我就這樣被全班給討厭了。

很倒楣，我知道。但，沒有人會喜歡打小報告的孩子。

「唷，整天跟在班導的屁股後面，不覺得煩啊？」

「不過就是老師的走狗，有什麼了不起？」

班導叫我去她的辦公室查資料，就在我準備走出教室時，耳邊冷不防傳來一個女生的聲音。

我抬頭，看見林姵媛那張太妹嘴臉。

「看屁看？」她又嗆我。

「……」

我只是默默地繞過她，不發一語。

我知道那傢伙非常討厭我。

她的名字叫林姵媛，算是班上女生的領頭人物。生性驕傲的她，總是對身旁的朋友呼來喚去，換男朋友的速度比我在喝湯還快。聽說她每天下課都會去夜店，生活的圈子也很複雜。不過，這些也都只是聽說，沒真的見過。我看，就算她真的有去，也不會落下把柄給班導知道。

走了一段不算太長的距離，我轉開辦公室的門把。

我走向角落的隔間，想用一下那台電腦。原本想趕快查完資料就走，沒想到，座位上居然已經坐了一個人。

我下意識地躲到旁邊——

那顆焦糖色的後腦杓，格外顯眼。

我偷偷觀察那男孩，發現他身上穿的是制服。這人怎麼會在這裡？這裡不是學生隨便可以進來的地方吧？

忽然，那人像是意識到身後有幽靈存在，便緩慢地轉過了頭。他的臉龐很素淨，眉眼也特別好看。眼上的瀏海有點長，卻遮不住他的明亮瞳孔，反而為五官增添了些靈動稚氣。

「妳怎麼在這裡？」他的聲音悅耳清脆。

這句話是我要問的才對吧？

「沒記錯的話，這是黃老師的辦公室吧？現在是早自習，你在這裡幹嘛？」我沒有回答他，還丟了一個問題回去。

「嘿……」他笑了，移動旋轉椅，整個人面向我。那純真的笑容好好看，帶著俏皮和叛逆：「同學，既然妳都說這裡是辦公室了，那妳又在這裡做什麼？」

還反問我呢！

看我沒說話，他慢慢地站了起來。我注意到他那令人稱羨的身高，精瘦挺拔的他，起碼高了我十幾公分左右。我不算矮，所以他大概有一百八吧！

「妳要用電腦嗎？」收回打量我的目光，他笑笑地問。

「要。」

「可是我還沒用完耶，等一下。」他忽然又坐下。

男孩專注地盯著電腦螢幕，我好奇湊過去，看他的手指時而在鍵盤上飛舞，時而苦惱地敲敲桌子，好像在寫什麼世紀論文。輕微近視的我看不是很清楚，只能往螢幕靠近，看能不能說服他把電腦讓給我。

「唔？」

他困惑轉頭，深邃的瞳孔就在我面前，我倏地往後退，驚覺這樣的距離似乎不妥當。

「你在幹嘛？」我掩飾尷尬。

「喔……我啊……」他不好意思地抓抓頭，浮起一抹傻氣的微笑，才說：「我在校稿，等一下要列印出來的。」

他寫小說嗎？我不懂他的意思，索性正大光明地湊了過去。不看還好，一看就讓我的下巴差點掉下來。

「你在這邊寫情書？」我驚呼。

「喂！只是校稿啦！不要那麼大聲好嗎？」他看起來有點慌張：「萬一老師過來怎麼辦？」

他也知道不能給老師看到嗎？剛才那麼理直氣壯是怎麼回事！

「喂，同學同學，妳國文好嗎？」他突然瞪大眼睛看我，我被他嚇了一跳。

「怎麼了？」

「妳看起來很文靜、很有氣質，國文一定很好吧。」他逕自幫我貼上標籤：「所以幫我校稿好不好？我有好多錯字都挑不出來，一定會被罵。」

收到他情書的女生高興都來不及了，哪裡會罵他呀？

「我國文又不是很好……」不過也不會很差。

迎上他無辜的神情，我不自覺點頭了。唉，我怎麼會栽在帥哥手裡呢？

我坐上他特地讓給我的位置，將情書的內容看了一遍。說實在，內容很老套，文筆更是不怎麼樣，沒想到這麼帥的傢伙追女生這麼白癡，該不會是鋼鐵直男吧。

而且，這年代哪還有人在寫情書？

我還比較建議他直接找女孩來個浪漫的告白，那張臉的效用一定會比眼前這封破情書還來得好。

不過既然接受了他的請求，我就得幫他改看看，別讓難得的小鮮肉死在沙灘上。

他在我身後探頭探腦，好像很好奇我修改的情況到底怎麼樣了，無意間吐出的氣息搔得我耳朵好癢。

耗了一些時間，我終於將白癡情書修改好。

「啊，好了嗎？謝謝妳！」他看起來好高興，正要按下列印鍵。

「等等，你不用在信裡打上她的名字嗎？」我問。

「其實不用啦，又不會忘記……」他想了想：「好吧，還是打一下，免得那白癡忘記名字怎麼寫。」

哪個白癡？還有比他更白癡的白癡？

沒注意到我一臉狐疑，他再次將手移到鍵盤上，在情書的最上方打上我這輩子都不會想看到的三個字——

「什麼？林姵媛？」

「嗯？很奇怪嗎？我們班有很多人喜歡她。」他按下列印鍵，印表機盡責地印出了那封情書。

他眼睛是瞎了嗎！好好的一個鮮肉為什麼要去喜歡那種傢伙啊？

不對，他們班全瞎了！

目光停留在我難掩驚憤的臉龐上，他先是疑惑，過了好一會兒，才出聲問：「妳討厭林姵媛喔？」

我轉頭看他，下意識說謊：「沒有，只是很驚訝。」

「為什麼？」

「因、因為我們同班。」糟糕，說出來了。

看著他驚喜的表情，我覺得大事不妙。不要問我她三圍多少，我不知道，也不想知道。

「同學，妳可不可以把情書拿給她？同班比較方便嘛！」

「自己拿比較有誠意吧？」我一點也不想跟林姵媛說話，尤其是幫忙這種事！她一定會藉機嘲笑我啦！

「不過教室很遠啊，到妳那邊就上課了。」

聽男孩這麼一說，我看他胸前的學號，認出他的班級。雖然不近，不過也是五分鐘就走得到的距離啊！他當我白癡呀？

「拜託啦！」笑得燦爛，他不等我推託，逕自說：「那就這麼決定，下次我拿情書來找妳。」

聽見這話，我差點以為是他要向我告白了。

明明喜歡的就是那個討厭的林姵媛。

後來，男孩再次把座位讓給我，終於肯讓我用電腦了。我移動滑鼠，很快地找到所需的資料，並稍作整理，將文件列印出來。

拿了要交差的東西，我轉頭，發現男孩還沒走。他的高大身軀輕輕靠著牆，站的位置剛好是窗外陽光灑落的地方。我怔怔地凝注沐浴在金色光芒下的他，那俊秀的面容漾起一弧溫柔笑痕，目光炯炯地直視我，彷彿稍不注意便會被他輕易看透。

「妳叫什麼名字？」

不行，這個男孩喜歡的是林姵媛，而我討厭她，不能和他有太大的交集：

「唐月見。」

完了，我還是說了名字。

「薛初凡，喂，要記得喔。」男孩比了比自己，又笑了。凝望他愈發燦爛的笑容，現在想想，說了名字也沒那麼糟。

沒等我回神，他輕快地轉身跑走。打開辦公室的門，臨走前，他還朝我揮手。

「我會再去找妳。」

鄭豫凱，在我發現這名字變成心裡的一個祕密前，我已經喜歡上他了。

那天的情景我記得一清二楚。高一的時候，我已經因為班導的偏袒而成為不受歡迎的對象。照理說，在同學的影響下，鄭豫凱應該也要一起討厭我。

但他沒有。

那次，班導一如往常叫我去她的辦公室。那天喬喬身體不舒服，所以她沒有陪我去。

我在林姵媛的鄙視眼光下走出教室，到了辦公室，抱一疊考卷回來發。當我經過走廊時，一群男生在前方嬉鬧，其中一個人不小心撞到我，害我跌坐在地上。

那群人是班上的男生，本來好像還要道歉，但一見到我的臉，就露出恥笑表情。

「哎喲，不小心撞到小狗狗了。」

「班導養的嗎？哈哈！」

那些傢伙笑成一團，就只有撞到我的那個沒笑。

我已經習慣被別人欺負，所以就默默地起身，收拾散落一地的考卷。後來，他們發現逗我也沒意思，就走了。離開之前，身後還傳來「騷貨」、「酒店妹」之類的字眼，想也知道在說我。

我安靜地撿著考卷，感覺到有不少人在看我。他們都看見了剛才的情況，卻沒有一個要上前幫忙。我也不是貪圖他們的幫助，只是……這世界會不會太黑暗了？

直到今天，我還是不明白我做錯了什麼。難道，只是檢舉作弊、觀察不良，就應該被排擠嗎？

我真的不知道。

上課後，班導將考卷發給大家，當作隨堂抽考。我拿出筆開始作答，同時看見有幾個同學正在作弊。這種情況很多次了，我應該要告訴班導的，但……繼續這麼做的話，會不會被欺負更慘？

我想了很久，最後還是沒有說。我啊，說到底還是個膽小的人吧。

後來，這張考卷我拿到了滿分。一下課，等班導離開，又有一群人來找我麻煩了。

「滿分啊？一定是剛才拿考卷的時候偷看解答吧！」

一隻白皙得可怕的手闖入我的視線之內，將我桌上的考卷粗魯地抽走。我抬頭，看了那個人一眼。

「原來班導寵愛的乖乖牌女孩也是會作弊的？」

林姵媛的語氣很差，好像剛才帶頭作弊的人不是她一樣。剛才我可是看得一清二楚，何況我也沒有作弊。

「……我沒有作弊。」

「還說沒有作弊！這是什麼啊？」

沒想到，她惡劣地往我桌上一指，才讓我看清楚那張不知道從哪裡冒出來的紙條。

「什麼？」

我心頭一緊，不安地拿起那張紙，連上面寫什麼都還沒看到，就被林姵媛一把搶去。她大聲地唸出紙條內容，聽起來似乎是某個人的小抄，但問題是我根本沒有寫那種東西啊！

「喔，還真的作弊呀。」一旁的女生吐出一句風涼話。

「那不是我的！」我生氣地站了起來。

「就在妳的桌上還想狡辯？」

「因為妳放在我桌上！」

「妳憑什麼說是我放的？」

聽見這話，我屏息瞧著她，滿滿都是怒氣。她怎麼講我都可以，我就是不能忍受有人栽贓我！

她也沒在畏懼，傲然迎上我的憤怒。旁邊有愈來愈多的人在圍觀，我看見不遠處的喬喬抬起頭，她剛才因為不舒服在休息，肯定不知道發生什麼事。

忽然，有人走近了我們，打斷我和她的對峙：

「唐月見！班導找妳去辦公室。」

我轉頭，一個男孩站在那裡，表情不冷也不熱。

「走狗！」林姵媛不甘心地罵了一聲，便轉頭離去，那群看戲的人這才慢慢散去。

我對男孩點點頭，隨他出去教室。在去辦公室之前，他叫住了我。

老實說，我不記得他叫什麼名字。

「怎麼了嗎？」

「班導沒有找妳，我隨便說說的。」他說，然後我驚訝。

這麼說，他為了打破剛才僵持的局面，才說謊嗎？

我們沉默對望，彼此也找不到什麼話好說，直到我想找個藉口回教室時，他才開口：

「那根本不是妳的字。」

「咦？」

「是林姵媛栽贓的，對吧？」

直到他說出這句話，我才開始打量他的模樣。其實，他長得還不錯，雖然戴了副黑框眼鏡，雙眸卻不減神采，印象中在班上是頗受歡迎的人物。但，他能準確地說出我被栽贓的事實，才是讓我特別訝異的地方。

再盯著他的臉龐一會兒，我又發現一件事：

「你是剛才在走廊撞到我的人嗎？」

「嗯，抱歉，那時候被朋友拉著走，沒向妳道歉。」他的神情尷尬，看來他也想起我被唾棄那幕不堪的畫面了。

其實，不管他那時候沒道歉的原因是什麼，都不重要了。居然有人會在撞到我之後來跟我道歉，這才是重點啊！

見我暫時沒回應，他點頭示意，便先一步回教室。那身影，在視線範圍之內愈來愈小、愈來愈小……

總覺得，不做點什麼的話，有些事情就走遠了。

「那個……」

男孩停在門口，頭微微一偏，等著我的下文。

「你怎麼認得出來我的字？」

他沒有立刻回答我的問題，看起來很為難。後來他才說：「我常常改到妳的考卷……很高分，印象很深。」

不是這個原因吧。

他坐在最後一排，當然會常常改到我的考卷，因為每個人都不想拿我的。這件事我已經知道了，但既然他會感到為難，代表他是一個善良的人。

後來我們沒再說話，好像從此失去了交集。但，他一定不知道，我常常在他附近觀察他，也常在他碰巧經過的走廊稍作駐足。

有時候，我會在遠一點的地方，看他和朋友嬉鬧；有時候，我會看著靠近他的女生，心生羨慕；然而，有更多時候，我會在改考卷時仔細搜尋他的那份，幾次之後，他的字跡已經深深烙印在我的腦中。

什麼時候……

我們會發現自己喜歡一個人？

有很多事情，我不知道。

但，我知道他叫鄭豫凱。

我也知道，做了這些事情的我，這不像自己的我……早已不自覺地喜歡上他了。

唐月見：幸好，飛不起來的我，也能在這令人失望的世界中，擁有喜歡一個人的能力。

章之二　有些事只能想像

妳想像過嗎？那個活在幸福中，連眼神也很溫柔的自己？

我知道，站在美好另一端，不被幸福眷顧的人……可能連想像都需要勇氣。

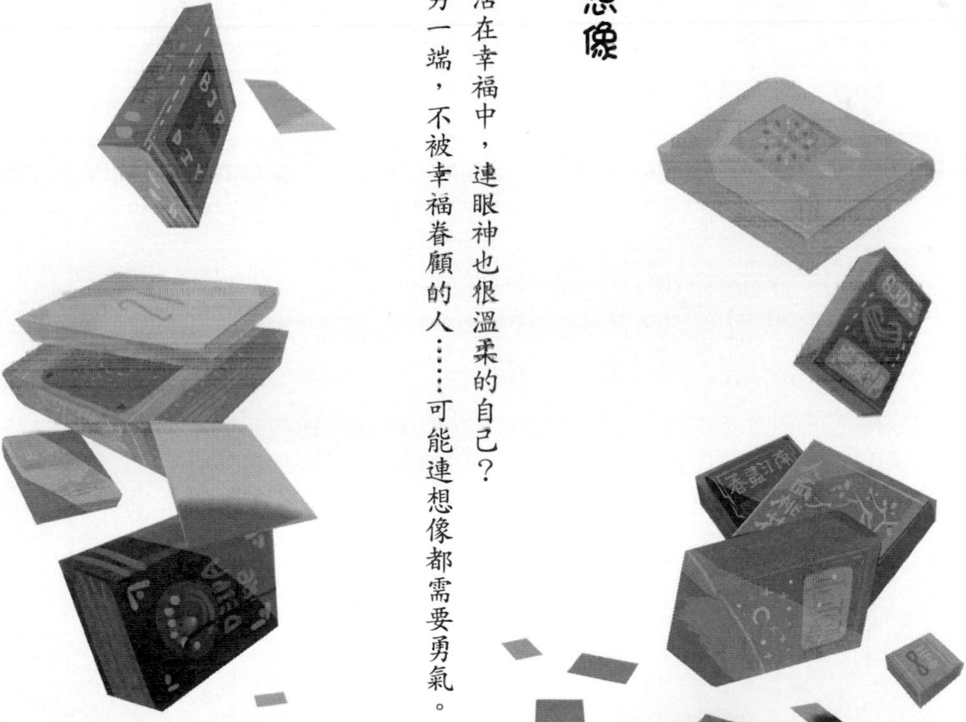

結束一天的疲累，我打開家門，就聽見女傭瑪姬在廚房忙碌的聲響。除此之外，就沒有別的了。果然，姑姑在這個時候還不會回家。

我脫下皮鞋，慢吞吞地回到房間將制服換成休閒服。坐在床沿，我摸摸在我床上睡大頭覺的雪橇，牠懶洋洋地「喵」一聲，醒了，在我身邊撒起嬌來。

摸著雪橇的頭，我凝神環顧自己的房間，雖然大，卻蔓延寂寞——

我的爸媽走了，走到很遠很遠的地方了。

唯一的聯繫，只剩下每個月會固定匯來的生活費。

「雪橇，你會不會想你的父母？」我拍拍雪橇的頭，牠只是輕輕翻了個身，很快又睡著了。也對，我幹嘛問一隻貓呢？牠懂寂寞嗎？

只是，這個問題似乎連我也回答不出來。

「小姐，我點心做好了，要不要下來吃一點？」

樓下，瑪姬用宏亮的聲音喊我，我應了她一聲好，便下樓找她。瑪姬是位外籍女傭，在爸媽離開我的那年被姑姑聘請到我們家幫傭。生性善良的她將我當成女兒看待，但背景不同的我們依舊沒辦法暢所欲言。不過，因為有她的存在，也讓這個寂寞的家不至於連一點活動的聲響都沒有。

走進客廳，我看見瑪姬流了滿身大汗，正坐在沙發上休息。

「吃吃看吧！我最近學做的司康餅。」瑪姬笑臉盈盈地指著桌上：「小姐如果喜歡，我以後多準備一些。」

我定睛在盤裝的司康餅上頭。瑪姬的手藝很好，賣相不比外面的還差，吃起來也毫不遜色。安靜地品嘗可口的點心，她突然開口問：「最近學校還好嗎？」

我沒有告訴她被排擠的事，不過，自從升上高中，我的個性就變得更沉默了，她大概也能猜出一二吧！

「還好，情況都差不多。」

「唔，是嗎……」她若有所思，似乎有什麼心事。

「怎麼了？」

「沒有，只是夫人最近似乎不舒服，我想是累壞了吧……」她說的是姑姑：「也對，在那種常常出差的商業公司工作，儘管高薪，還是很傷身體啊！」

我知道。姑姑跟離去的爸媽一樣，錢都賺得很多。但我並不認為這樣有什麼好啊！我沒有父母的關愛，只有定時匯來的錢；我很少看見領養我的姑姑悠閒，只發現我從姑姑手中收到的禮物愈來愈多。

他們真的認為錢是一切嗎？

「她什麼時候回來？」

「聽說這次接了個大案子，大約要出差兩個禮拜。這幾天她到處奔波，沒有什麼精力和時間，連訊息也回得很慢。」

我沒有說話，凝注在瑪姬泡的清新花茶上。

「小姐，最近家裡挺安靜的，不帶同學來坐坐嗎？」她勾起浮現皺紋的嘴角。

喬喬？她說過我家有種空虛的感覺，或許不是那麼喜歡。

算了吧……至少還有瑪姬跟雪橇，沒有那麼孤單的。

「小姐？」

「同學最近忙。」我含糊回答，隨手指向牆上的畫作：「瑪姬，這些是妳最近的作品？」

一聽見我提起她最得意的事，她連忙堆起笑容：「是呀，這幅是鄰居家種的茉莉，我在二樓窗口畫的。至於這幅……」

沒注意聽她口沫橫飛地介紹了什麼，我將目光放在她老邁的臉龐上。瑪姬雖然是職業幫傭，但她很喜歡畫圖，還畫得不賴呢！據說她以前的夢想是畫家，卻因為家裡貧困，從家鄉來我家當女傭，畫家夢就這麼不了了之。不過，我們家的經濟不錯，因此我買了一些專業畫具給她，滿足她的小小希望。

「瑪姬。」

「咦？」她轉頭，滿臉不解。

「如果有空，妳可以畫一幅……」

我的腦中開始勾勒那種景象。我站在窗邊，遠望教室中的男孩。他正低頭自習，沒注意到有個女孩正在觀察他。等到女孩終於鼓起勇氣踏入門口，羞澀地，對他說了聲早安……

男孩露出平淡的笑容。那個人，是鄭豫凱，他在畫裡對我微笑。

那是我每天的動力來源。

「唔？畫女孩向暗戀的男孩子說早安？」瑪姬不曉得女孩是誰，當然也不會知道男孩是誰。她只是搔搔灰白的髮，好一會兒才說：「好久沒畫人了，不過我會試試看的，小姐。」

「謝謝，瑪姬。」我微笑：「我先上樓了。」

我不能在他的記憶裡留下絲毫痕跡，至少，可以將美好存於畫中，對吧？

喬喬和我坐在同張椅子上，又羞又喜地向我分享她暗戀的祕密。

「他有跟妳說話？」

「沒有，他完全不知道我這個人吧……」喬喬沒有難過太久，換上甜甜的笑容：「可是，那天放學我有經過操場，看見他在籃球場上！他好厲害喔！隨便一投就是空心！」

嗯，鄭豫凱也很會打籃球喔，運動神經好的男孩總是比較吸引人吧！

「知道他叫什麼名字了沒有？」我問。

喬喬搖頭，雖然已經暗戀那個男孩一年了，卻還是不知道他的名字。我比較好一點，因為是同班嘛！

「他長得真的很帥，下次有機會指給妳看。」

「妳每次都這麼說。」我笑笑地拍她的肩。

「哎呀！因為在學校都沒有碰到，也不是我願意的……」她托著下巴，若有似無地呢喃道：「他在很遠的班級嗎？我好想知道喔！」

高一時聽喬喬說，她是在開學那天喜歡上他的。那時候，他們在公車上剛好坐在一起。有個混蛋大叔想搭訕她，男孩發現了，就站起身來狠狠臭罵那位大叔。聽說，那變態最後狼狽地逃下公車，還差點被司機報警抓起來。

她說，大概是因為男生長得帥，又為她趕走變態，她才會對他一見鍾情。

好好喔！哪像我，起因居然是被全班排擠。鄭豫凱大概也是看我可憐，才會幫我吧！

「妳呢？鄭豫凱都沒有做什麼嗎？他對妳那麼特別！」

「哪有特別？他只把我當同學啦。」連朋友都算不上的同學。

「才不是！同學哪會那麼雞婆地把妳從粉撲妖的魔掌上救出來？月見，妳也太單純了吧！」她義憤填膺。

順道一提，粉撲妖是指林姵媛。

「證明他是個好人啊。」

「不會好成這樣啦！他可是冒著會被大家數落的風險耶。」

也對，在這個世界上，只要跟別人「不一樣」，就有可能被霸凌。鄭豫凱沒有和大家一起討厭我，一定承受了不少壓力。我覺得，應該有很多討厭我的人都是在跟風吧。

唉，真討厭，惹了一個太妹女王，就註定該變成這樣嗎？

「總之，鄭豫凱對妳這麼好，一定有什麼……」

沒等喬喬說完，外頭就傳來一聲驚天狂吼。

「唐月見！唐——月——見——」

沒錯，那個聲音叫著我的名字。

啥？我才沒有認識別班的人，那聲音到底是什麼鬼啊？

不看還好，看了之後，我差點沒被在窗外吶喊狂叫的那個傢伙嚇死！

是薛初凡！那個在辦公室寫情書的男孩！

有愈來愈多驚奇的眼光朝我投射過來，為了避免我被他們排山倒海的問號給淹沒，我狼狽地衝了出去。

「你、你幹嘛突然跑來？」我一臉慌張地質問他。

「呵呵，我不是說我會再來找妳嗎？」

薛初凡笑得很燦爛，表情也很歡樂。焦糖色的短髮有點凌亂，看樣子他是跑著來的。我看看他，他也看了看我。那雙大眼那麼明亮，站在我身旁根本就一點都不搭調。

為什麼這種人……要喜歡那個太妹啊？

「……那，你的情書呢？」我沒忘記那個被強迫的約定，但他的手中空無一物，是不是忘了自己要告白？

「嗯？在黃巾賊那裡。」他指後方，一臉無所謂的樣子。

黃巾賊？什麼跟什麼？

「靠！灶腳！跑那麼快要死喔！」

這時，後方還真的跟來一個不怎麼起眼的大男生，他上氣不接下氣地停在我面前，一看到是我，他馬上變得靦腆。

「情書呢？」我不解地問。

「這裡！」他突然朝我九十度鞠躬，還雙手遞出情書：「拜、拜託妳交給姵媛了！」

啥？現在是在搞哪一齣？

「要送快送啦，煩死了。」

薛初凡居然還一臉不耐煩，到底是他要告白還是我啊？而且那個黃巾賊是想幹嘛？我被搞得好亂啊！

「靠，催屁啊！不要吵啦。」黃巾賊粗魯地打了薛初凡一拳，對方也不惶多讓地用手肘撞擊他的腰部。

算了算了，我不想管了。被弄糊塗的我認命地拿著情書走進教室，慢慢走向一臉驚訝的林姵媛：「這封信，是外面那個人給你的。」

「外面？哪個？」林姵媛突然忘了要對我惡言相向，反而還很欣喜地問我。

我轉頭，想指薛初凡，誰知道他跟黃巾賊在外面上演格鬥天王，我完全指不到我要指的人。

「就是那個人……」

「到底哪個？」林姵媛的目光不停飄向薛初凡。

這時，門外的薛初凡忽然將黃巾賊踹向一旁，興奮地對我大喊：「唐月見！出來一下！」

啊？幹嘛又要叫我啦！

「情書送完就趕快出來啊！」他又大叫。

我想不透，只好茫然地走出去，但林姵媛卻拉住我的手，尖聲問：「喂！妳說清楚到底是哪個人要給我情書？」

「就是比較高的……」

「喂！那個林什麼姵的！黃巾賊說他很愛妳啦！」沒等我說完，薛初凡再度驚天一吼。

「靠！你找死啊！」黃巾賊忍不住大罵一聲，把薛初凡整個人往後拉。

什麼？黃巾賊喜歡林姵媛？那、那要告白的不是薛初凡？

薛初凡還不放棄，硬是抓住門，目光準確地找到我的身影：「月見，妳別看了，出來一下吧！」

我被他搞得很丟臉，只好乖乖地走出去。希望……人也在教室的鄭豫凱，不要誤會我跟他的關係才好。

跟他到了頂樓之後，我沒有說話，只是安靜地望著他的側臉。我完全搞不懂這人在想什麼，也不知道要怎麼應付他。他就像一陣狂風，說來就來，說走就走，說白癡就白癡，完全沒在看場合。

「月見，妳幹嘛一臉尷尬？我做錯什麼了嗎？」

錯！大錯特錯！而且他從什麼時候開始叫我月見的？我們有那麼熟嗎！

但我是個臭俗仔，只敢在心裡罵人：「……沒事，你不管你朋友了嗎？」

薛初凡輕快轉頭，對我笑了。

「黃巾賊喔？他先回教室啦！被我這麼一鬧，大概森七七了吧。」

你也知道你很白目？如果我是黃巾賊，大概就把你拿來泡藥酒！

「所以，喜歡林姵媛的不是你？」

他聽了，笑得超誇張：「哈！妳別說笑了！那種女生才不是我喜歡的型，太嬌了。」

我才沒有在說笑……啊不，可能有吧，林姵媛本身就是個笑話啊。

「可是，當初你在辦公室明明說她在你們班有很多人喜歡。」我可沒忘記這件事。

他壞笑：「我又沒說是我，月見妳很單純喔。」

「喂！你竟然故意騙我！」

「好啦好啦！抱歉嘛，我會說得那麼曖昧也是有原因的啊！」

「什麼原因？」他最好給我一個完美的解釋。

但他居然不說話了，只顧著笑得像惡魔。可惡，我的火真的很大。

我正想在心裡虐他千百回，但他沒給我機會，趁我安靜的時候忽然靠近我耳邊。我愣了下，感覺到他溫熱的吐息：

「我想認識妳。」

啊？什麼？什麼什麼？

我傻眼，但他很認真：「其實，一開始我真的沒注意到我的用詞，但後來，我發現妳誤會我喜歡林姵媛，所以就想到了一個妙計！」

妙計？

看我懵，他好像更得意了。「妳跟她同班嘛！所以，如果我讓妳繼續誤會，就可以趁機認識妳了。」

「啥？所以你就騙我？」

「妳不要生氣啦！」他觀察我的表情：「就當作是幫我朋友一個忙，而且妳還可以認識我這種帥哥，不錯啊。」

這人也太自戀了吧？

我拿他沒辦法，只好試圖讓自己冷靜，接著問：「既然是你朋友要告白，為什麼是你在辦公室寫情書？」

「我說了是『校稿』啊！黃巾賊的文筆不太好，字又很醜，只好用打字的。他說今天就要送出去，還叫我幫他檢查，我就跑到辦公室裡面借用電腦……」

偷用就偷用，還借用！

「然後妳就出現了。」他又補充，表情看起來好歡樂。

盯著他清秀的臉一陣子，我再問：「為什麼你們的名字那麼奇怪？灶腳？黃巾賊？」

「因為他叫黃俊傑呀，唸久了就很像黃巾賊了。」他愉快地回應：「至於我，灶腳就是廚房的台語嘛，妳多唸幾次我的名字就知道啦。」

初凡，廚房……灶腳。

「呃，還真是有趣的綽號。」

「妳呢？月見妳有沒有綽號？以後我就用綽號叫妳。」

有啊，走狗跟報馬仔，不過這沒什麼好炫耀的。而且，他以後要叫我走狗嗎？還真是別了吧。

看我沉默，薛初凡更好奇了，還說是不是太好笑所以不敢說。

「我不會笑妳啦，說看看啊。」

「……走狗，還有報馬仔。」

好吧，是你叫我說的。

他傻眼，一時說不出話。我望著他，目光很平淡，他看了大概也知道我不是開玩笑的。

「不好意思。」過了一會兒，他終於道歉。

沒什麼好道歉的，反正我就是不受歡迎。像他這種人，應該一輩子也不會理解吧。

「可是我覺得月見妳不像是那種人啊……」他明明不了解我，卻替我說話：「妳看起來很有氣質，也很乖的樣子，怎麼可能是走狗？妳一定是被誤會了！」

我看見他義憤填膺的模樣，不禁沒轍地笑了。

「不是，我不算是被誤會。」我搖頭，迎上他真摯的眼神：「我們班老師的確有叫我幫忙抓作弊，也有叫我偷偷告訴她是誰在作亂。對他們來說，我就是異類，根本就不該成為他們的一份子。」

「不對！」他突然變得很激動，「那樣的話，有錯的人又不是妳！是他們才對！」

「可是，就算你這麼說，也改變不了什麼。我的力量太弱了，什麼都做不了。」我淡淡回話，像是已經習慣所有不平等。

「不，我一定要幫妳……」他搖搖頭。

我失笑：「幫我？幫我做什麼？就算不願意，我打小報告還是事實啊。」

「妳無條件幫忙我，而且還幫黃巾賊拿情書給妳討厭的人。我知道……妳是個溫柔的女生。」

原來他早就發現我討厭那太妹了。

「沒關係，畢業後就解脫了。」我將頭轉向另一邊。

「喂，妳怎麼能受這種委屈！」

「你不要再說了！這都跟你沒有關係吧？」

我起身，懊惱瞪他。對，或許是我不敢改變現狀，怕會換來更糟的處境。我也知道我不夠勇敢，但有很多事，即使勇敢也沒有用。

像他這麼美好的人，果然不會懂吧。

我掃視他的面容，他卻一點也不憤怒。那張臉，反倒浮現一種我不敢再深入祈禱的溫柔。有時候，期待得太多，就會摔得愈重。

鄭豫凱的關心已經拯救了我很多，所以，我不敢再想會有其他人也像那樣對我。

忽然，他輕鬆地往前一傾，遠離了欄杆。他站立在我身前，語氣柔淡：

「就算是那樣，也不能不管妳。」

「什麼？」我睜大眼。

「我會讓妳知道，認識薛初凡，是一件很棒的事。」他平靜而自信地宣告。

我不懂他為什麼要這麼說。但，或許他真的是一個太過美好的人。美好到，連我也不禁去想像有他參與的世界，是不是真的有那麼棒。

後來，我回到教室，雖然只是蹺掉早修，但還是有很多人在看我。對他們來說，「唐月見蹺課」這件事大概就跟「林姵媛不蹺課」一樣稀奇。

「月見，妳去哪啦？」喬喬看到我，就走過來問。

「談個事情而已，沒什麼。」那樣應該也算是談事情吧！

「喔……妳怎麼會認識別班的人啊？」

「呃，也談不上認識……」

這時候，林姵媛出現在我身邊。她粗魯地拍我的桌子，惡聲道：「喂，妳跟那個人去哪裡鬼混了？」

干她屁事，我又不是她老公。

「說啊！」她還在逼問。

「林姵媛，我沒有義務告訴妳吧。」我對她的態度很有意見。而且，自從她誣賴我作弊之後，我就像是撿到槍一樣，敢回她的話了。

「我管妳！」她比我更猙獰。

「有誰規定朋友不能聊天嗎？」

我承認這句話其實帶有幾分挑釁，為了讓自己說話更有份量，我故意把我和他的關係說成朋友。

「我是問，妳怎麼會認識他？」

「自然而然就認識了，不行嗎？」

「妳——」

「同學，回座位了。」英文老師的聲音打斷我們：「現在是英文課。」

「嘖！」林姵媛瞪我一眼，轉頭走人。

我也不高興，但也只能拿出課本，勉強自己轉移注意力。在上課之前，我還抬頭看了一下鄭豫凱。他的背影一樣冷靜，還很專心地在聽課。

唉，我怎麼會期待他吃醋呢？他搞不好根本沒發現我跟薛初凡出去教室吧……單戀的人，果然寂寞啊。

「月見，最近好嗎？」電話那頭的姑姑，聲音聽起來很疲憊。

在爸媽離婚的那年，姑姑就領養了我。聽說她有不孕症，所以才會這麼做。我不會因為她的動機而怨她，畢竟她也是真心真意在待我。只是，她總是忙於工作，很少有跟我相處的機會。

不過，我也不能說什麼，「嗯，我很好，姑姑妳也要記得休息。」

「不過是公司忙了點，不要緊的。妳才要多注意自己的身體，最近早晚溫差大，有什麼需要儘管跟瑪姬說。」

「好，我知道了。」

我們沒有聊得太久，瑪姬就敲門進來房間。她看了看我，表情好像比平常還興奮。

「小姐，妳上次說的那幅畫，我已經完成了，要不要到我房間看看？」

「這麼快？」

「幾天時間也夠我畫了，呵呵。」她笑笑。

我點頭，吃完晚餐之後才跟著她到房間看畫。

瑪姬傳神的繪畫功力我已經見識過很多次了，但我萬萬沒想到，她真的能夠將我心目中的畫面完整表達——

畫中，男孩抬起頭，窗外的陽光柔和地映照靜謐的空間。不遠處，單戀的女孩羞澀地抬起手，像是在對他道聲早安。

「小姐，還喜歡嗎？」瑪姬柔聲問。

「真的很棒，我很喜歡這張畫！」

聽見我的回應，她高興地走上前，邊將畫搬起來邊說：「那就放在小姐的房間吧！」

「等等！」我叫住已經走到門口的她。

如果可以……

「瑪姬，如果妳有空的話……」

我走向前，用期盼的目光看她：「能再畫一張別的嗎？」

我想像，男孩站在頂樓，凝聚純淨的目光，像是要將她的面容牢牢記住。而她不敢回望他，不敢再對他眼中的深潭有多一分的祈禱。

薛初凡的耀眼，是我再怎麼努力，也蛻變不了的美好靈魂。

薛初凡：我啊，想抓住妳的手，用力地拉妳一把。妳的眼裡很美好，但是正在哭泣啊。

章之三　再怎樣都一樣

我們期望被關愛，期望被世界溫柔理解。
但，與其那樣空等，不如把對人溫柔的權利留給自己。
妳和妳自己，都要過得好好的。

我以為那天的風波已經結束了，想不到並沒有，林姵媛那討人厭的傢伙來找我碴的次數比以前更多。她總是在學校大肆宣揚我是個不檢點的女孩，到處勾引男生，尤其是她最新的目標——薛初凡。

連班導都聽見風聲，在某一節下課找我到辦公室。

「林姵媛講的那些事，妳應該沒有做吧？」她坐在椅子上，神情嚴肅。

「沒有。」我平靜地否認，然後我看見她欣慰的微笑。

「我就知道。她真的很讓人傷腦筋，從高一開始就不安分，把自己搞得一點也不像高中生，偶爾還找過妳幾次麻煩。」

不是偶爾，是常常！

但我沒有糾正她，只將事情說明白：「關於她說的那個男生，我和對方只是見過幾次面的朋友而已，沒想過會被她扭曲成這樣。或許是因為她很欣賞那個人吧！所以老師妳也不用太在意了，過幾天就會好的。」

「妳不介意嗎？」她問，我這才仔細瞧她一雙慧黠的眼眸。

介意？介意也沒用吧，我只希望不要有太多人介意這件事。

基本上，我這人就是愈透明愈好。

「習慣就好。」我淺淺一笑，「或許改天她又看上哪個男生，就不會再找我麻煩了。」

「嗯……這樣的話，我就先再觀察幾天，畢竟我最近有點忙，不方便處理這些事情。」她妥協了，將視線轉回桌上那疊尚未處理的文件，叮嚀我：「不過，要是她做出太過分的事情，記得要跟我說一聲，知道嗎？」

「好。」我答應她，但心裡很清楚我不會這麼做。

我走出辦公室，眼前卻突然罩下陰影。我困惑抬眼，看見鄭豫凱就站在我身前，旁邊還站了個從沒看過的女孩。

「鄭、鄭豫凱？」我慌亂地看著他。

其實我不在乎他怎麼會出現在這裡，我在乎的是，他旁邊的漂亮女孩是誰？

「妳來找班導嗎？」他問。

「嗯！」我連忙點頭。

我看見他似乎還想說什麼，身旁的女孩卻搶先一步對我說：「同學麻煩借過好嗎？我們要去找豫凱他們班的班導談事情。」

「好……」

我還在恍惚，將視線放在女孩勾搭鄭豫凱臂膀上的那隻手，目送他們進入辦公室。他有女朋友了嗎？也是，早該想到了。

我沒有很難過，真的。就算他不交女朋友，我也沒有機會跟他在一起……

「妳喜歡他嗎？」

突然，一個活力十足的聲音將我從恍惚的思緒中抽離。我迅速地往旁邊看，薛初凡居然已經出現在我身旁，還用一種無辜的眼神盯著我不放。

「你怎麼在這裡？」我瞪大眼。

「路過，我要去上美術課。」他指旁邊的樓梯，周圍還有許多他們班的學生經過，有些人還好奇地看了我一眼。

我淡淡地「喔」了一聲，滿臉問號的薛初凡再次出聲：

「喂，妳喜歡那個人喔？」

「哪、哪個？」發現心事被拆穿，我裝傻到底。

「剛才那個站在校花旁邊的男生啊。」

什麼？校花？

那個女孩是校花嗎？我、我簡直是全軍覆沒啊！

「到底是不是？」他催促我回答。

「你怎麼看出來的？」我悶悶地瞪他一眼。

「果然是啊……」男孩揚起笑容，繼續說：「妳看他的眼神就是不一樣。還有，妳和校花剛才看起來好像已經用眼睛幹過一架了。」

幹、幹架？我怎麼不知道？我帳號被盜嗎？

「喂，你到底想說什麼啊？」

「沒有，只是沒想到月見有喜歡的人了……」他搖頭，不怎麼在意我的惱羞成怒。

「也只是喜歡而已，一點勝算都沒有。」

「不過那個男生應該不討厭妳吧？我看他還跟妳好好講話。」他注視辦公室那扇緊閉的門。

「不討厭吧……」我的語氣愈來愈淡：「但我們也沒有什麼交集，頂多講過幾句話。」

「講過話就有機會啊！妳不是說他不討厭妳嗎？」他突然轉向我，「就像我跟月見一樣，我們也講過幾句話、見過幾次面，關係一定會愈來愈好的。」

我無奈地笑：「啊？你這樣說都不會不好意思嗎？」

「當然不會！」他也跟著我笑了，「我們，算是朋友吧？」

凝望薛初凡自信的神情，我說：「是嗎？」

「喂，妳不要始亂終棄啊！」他一下子變得挫敗，抓住已經轉身的我。

什麼始亂終棄？愈來愈誇張了喔！

「不理你，我要走了。」

「喂！」他焦急叫住我。

我繼續往教室走。

「喂……」他不顧眾人好奇的眼光，硬是衝上來擋在我面前：「妳都讓我認識妳了，為什麼不承認我是朋友？」

誰讓他認識我！分明是他自己貼上來！

有愈來愈多人在看我，我只好落荒而逃。他不甘示弱，一直跟在我後面，直到他發現自己的同學都和他走反方向，他才停下腳步。

當我發現他駐足在那時，我們之間已經有一段距離了。

在人來人往的走廊上，他看起來很遙遠，以從容的姿態站在原地。

奇怪，有種……

「有種捨不得的感覺吧？」他淺笑。

「神經病！」回頭看他果然是錯誤的。

看我真的不想理他，他連忙對著我喊話，在眾目睽睽之下：

「月見，我要去上美術課了──」

周圍的人聽見這句話，都紛紛看向我。喂！看他啊！明明丟臉的人是他吧！

「最後一節在教室等我！」他語出驚人，好像我跟他原本就有這個約定一樣。

說什麼蠢話啊？我驚恐地往回看，掃了圍觀的學生一眼後，就狂奔離開。

後來，我沒有留下來等他。最後一個鐘聲響起，我就匆匆收拾書包，在眾人的鄙夷目光下離開教室。

我還聽見有人以不在乎的聲調說：「趕場啦！她要去哪裡我們怎麼會不知道？」

「哈，還不就是去……」

那個人說什麼我沒有聽見，但我也不想聽。

算了吧，他們要怎麼說我都無所謂。我只想趕快離開這裡，要是被薛初凡逮到，我就頭痛了。

幸運的是，我一路上都沒有遇到他。

不過，我也沒有馬上回家，反倒走進離學校有一段距離的麵包店。挑選一陣子，我看中了被挑得只剩下一個的可頌麵包，正想拿夾子去夾，誰知道有人搶先一步夾走我的可頌！

誰那麼沒禮貌？沒看見我要夾嗎？

「不好意思，這個麵包我要了。」那個人笑嘻嘻地說。

「薛、薛初凡？」我震驚地退後。

他在我身上藏了定位器嗎？不然怎麼找得到我？

「妳總算注意到我了啊，月見。」

怎樣？那什麼傲嬌語氣？

「你怎麼找到我的？」

「我跟著妳身上的味道來的！」他正氣凜然。

原來他才是會走的狗，我輸了啊我。

「我明明叫妳在教室等我，怎麼可以一個人先跑？」狗開始吵。

「我又沒有答應！」

「可是我約妳了！」

這是什麼邏輯？就算你人帥，我也要告你騷擾喔！

見我又要轉身走掉，他連忙拉住我：「不要走啦，不要走。」

「幹嘛啦？」

「妳剛才沒等我，害我被妳們班的一個女生纏住，黃巾賊喜歡的那個。」他開口抱怨，好像很苦惱：「叫什麼呀？林什麼姵的……算了，不記得。」

明明寫情書的那天還記得。

「喂，幹嘛都不講話，也理我一下吧！」他抓住我的手。

「找我做什麼？」我一開口就問重點。

他又笑了，還是一樣好看，「找妳去玩，有空吧？」

「沒空。」我斬釘截鐵。

聽見我的回答，薛初凡哇哇大叫：「妳明明就閒到來這裡買麵包！為什麼沒空！妳亂講！我要告妳欺君之罪！」

君？我只看見狗啦！

我們在原地拉扯，直到開始被其他客人側目，我才匆匆夾了幾個麵包，還順便將薛初凡偷夾走的可頌搶回來，送去櫃檯結帳。

薛初凡什麼也沒買，悠閒地跟著我走出店門。

「你這跟屁蟲……」我瞪他。

他沒回答，依舊笑容滿面。

後來，我注意到角落有一隻貓，白毛染上灰塵與髒污，看起來很虛弱。我連忙丟下薛初凡，跑過去看。

我蹲下身靠近白貓，但牠不怎麼理我，還退後了幾步。瞄了一眼我手上的提袋，我將其中一個麵包拿出來，撕成一小塊，丟到貓面前。牠看見食物，先是用鼻子嗅嗅味道，才嘗試般地吞了下去。

過一會兒，貓再次抬頭看我，像是要更多。我笑了，將麵包撕成更多塊，通通丟給貓。牠吃得很高興，看樣子是餓壞了。

「看來，還是去超商買個罐頭好了……」

「月見。」蹲在我身旁的男孩叫我。

我沒應聲，抬眼凝視近距離的薛初凡。那張俊秀的面容，彎起一弧淺笑。他慢慢挨近我，在即將碰到我的臉時，輕輕對我說：

「妳好善良。」

我感到不自在，正想往後退開，他卻在此時再度出聲。輕吐的鼻息圍繞在我們之間，溫熱的觸感讓我好想停留，就這麼停留下來。

「我想追妳。」他說。

擁抱淘氣與溫柔，再次對我堅定宣告。

我卻有了欲淚的衝動。

那個笨蛋，他到底在說什麼？他知道自己在說什麼嗎？追我？別搞錯了！我可是唐月見，那個人人排擠的唐月見耶！別說那些排擠我的人了，連我自己都不相信！

但那傢伙，似乎是來真的。

自從那次類似告白的行徑之後，他來找我的次數變得更多了。當然，林姵媛氣到再三找我麻煩。我的生活陷入一片混亂。

「月見——」

某天，數學課一結束，還過不到五分鐘，一個高亢的聲音又再次響起。

當初是誰說我們教室很遠的！

「一天到晚勾引男人，妳要不要臉！」林姵媛顯然也習慣走過來罵我了。

「是他來找我耶，妳眼睛有問題嗎？」

「說得好像自己有很多人要一樣，不過就只是一隻走狗！」她更凶了，就差沒上來揍我。

「……所以妳現在是在羨慕走狗的男人緣嗎？」我忍不住回話。

「幹！妳可以再靠北一點啊！」

我起身，冷冷掃她一眼，就朝在門外等我的薛初凡走去。說實在，我根本沒必要理她，讓她自己在原地狂吠就好。

一出教室，我看見薛初凡的臉上寫滿憤怒：「她罵妳？我要叫她出來！」

「不用了。」我制止他，但他沒打算罷休。

「不是吧，她把妳罵得那麼難聽耶？黃巾賊是瞎了眼嗎？怎麼會喜歡上這種女生！我去幫妳教訓她啦！」

「你罵她，我會更慘。」我道出事實，他才閉嘴。

我趁他閉嘴的時候，把他拉到一旁無人的樓梯間。他看著我，心情好像很不好。

「他們都誤會妳了啊……為什麼要討厭妳……」

被討厭的又不是他，沒必要這麼難過吧。

「你不用費心思了，再怎麼做都是一樣的。」

「怎麼可能一樣？這種事，就是要有人先站出來！不然，妳永遠都會被欺負，這樣妳要怎麼辦？」

「又能怎麼辦？雖然我不喜歡，但我也已經接受了！拜託，你……」

拜託，你就別再來了。

我真的不想改變，萬一弄不好，事態就會更糟。我還能再更慘嗎？那樣的話，我可能連站在這裡跟人說話的能力都會失去……

我咬牙，深深地凝視他。他被我看著，不久，就露出不自在的表情。

「呃，我的臉上有什麼嗎？」

「不要再來了。」我說。

他愣了一下，好像在思考我說的話。過一會兒，他才笑笑地說：

「我來這裡困擾到妳了嗎？那我可以放學在門口等妳，或是中午在……」

「不是。」

我心疼他此刻的純真，完全不明白我是在準備遠離他。

不顧他登時受傷的面容，我輕輕垂下眼，選擇割捨：「說真的，你闖入我的生活會為我帶來困擾。很多人已經在背後說我了，不管怎麼解釋，他們就是會認為我在勾引你。」

「妳別理他們就好了，我努力替妳解釋！」

「這世界才不會因為你努力，就溫柔地理解你！如果解釋有用的話，就不會有這麼多謠言！也不會有那麼多被傷害的人！」

他根本不懂被霸凌的痛苦，不懂什麼都不能說，什麼都不被信任，是有多難受的事。

他愣著，暫時沒說話。我看著他，深吸一口氣。

「我不是怪你，但我就是這樣的人。我不適合當你的朋友，也不適合走在你身邊，因為你太好，不能跟我這種人在一起，你懂嗎？」

「我怎麼可能懂？」他似乎也不高興了，「對我來說，妳就是妳，哪有什麼這種人、那種人的？妳人很好，也很溫柔，跟妳相處的時候很愉快啊！雖然妳有時候很凶，但我知道妳很善良！我到現在……還是不懂為什麼妳會被討厭，我真的不懂。」

他不懂？我才不懂呢！

但又有什麼辦法？我就是被大家討厭了。根本沒有人要聽我說話，就算我鼓起勇氣，也會在下一秒被謠言打入地獄……

「我、我才……」

他看著我，「月見？」

「我才沒有很好！」我瞪著他，瞪著那張美好幸福的臉龐，再也無法控制情緒：「我沒有爸媽，沒有關愛，什麼都沒有！你懂什麼？被所有幸福圍繞的你，懂什麼啊？憑什麼說要幫我！你才不知道我的處境，你什麼都不知道……」

我也不懂這份情緒是從何而來。

我只知道再這樣下去，一定有什麼會被改變。或許更好，或許更糟，總之，我不會是原來的那個唐月見。

我害怕改變。

「說什麼想追我……」我掃視他沉默不語的臉龐，聲音顫抖：「那是因為你還不了解我吧。」拋下這句話，我頭也不回地走了。

把雪橇抱在大腿上，我看著無聊的電視節目，心思根本沒在上面。將泡好的茶送上來，瑪姬也跟著我坐下，擔憂的眸光放在我身上。

「學校發生了什麼事嗎？」

我將視線轉移到瑪姬臉上，「也不算什麼特別的事。」

她嘆氣，好像更擔心了：「妳真是個愛逞強的孩子呀！雖然和妳相處不是太多年，但我了解小姐的個性。如果沒有發生不好的事，小姐也不會這麼煩惱，不是嗎？」

「我看起來很煩惱？」

「嗯，好像很害怕的樣子。」她平靜地回答我。

害怕？我是在害怕嗎？

可能，我真的很害怕改變吧。

但再怎麼樣，我好像都不該說出那種話。對薛初凡，我不該那樣說的。是我拒絕了他想幫我的心，只因我早已習慣沒有關愛的日子。

「瑪姬，妳會害怕改變嗎？」我凝視她。

「改變？」她想了下，不自覺地把目光放遠。「改變啊……哈，雖然這件事說出來可能也幫不了小姐，但我還是講一下好了。我從小家境就差，也到過幾個家庭去幫傭。我以為這樣就可以過日子，但沒想到，後來母親生了重病，需要龐大的醫藥費，薪水實在是不夠度日……」

目光一轉，瑪姬將視線集中在我身上：「所以，我才會到台灣來工作。那時候，一想到要遠離家鄉，我可真難過！抱著抗拒的心態來到台灣，才發現這裡的生活也很棒。這一切都要感謝小姐和夫人，沒有妳們，也沒有今天的我。」

我靜靜地聽，感受到瑪姬最誠摯的感謝。

「我不知道妳碰到什麼事，不過我覺得，改變有時讓人畏懼、排斥，卻是成長的必經之路。妳永遠也不知道未來會變成怎樣，所以才要勇於嘗試看看，不是嗎？」

「勇於嘗試嗎？」我低語。

「是的。」她溫和一笑，像是在鼓勵我。

「但，如果情況變得更糟怎麼辦？」

「也不是沒有可能，不過……」她摸我的頭，淺淺笑了：「很多事情本來就沒辦法控制。妳只要記得，不管什麼時候都要溫柔地對待自己，那就好了。」

因為，不管我們現在是否孤單，總有一天都可能只剩下自己。

「所以，要學會對自己溫柔嗎？」

「嗯。」

也對。畢竟，現在的我……可能連怎麼對自己溫柔，都快要忘記了。

後來，我在床上躺得快睡著了，途中還被手機鈴聲吵醒。我看一下螢幕，發現是喬喬打來的。

「喬喬？」

「嗯，月見，方便說話吧？」她柔聲問。

「當然。」

她才繼續說：「放學我有遇見班導，她說學校的作文比賽開始報名了，但我們班沒有人要參加，所以她想派我們兩個去。」

「咦？題目是？」

「隨意。怎麼樣？想參加嗎？」

「老師都說了，我們也不能不去吧。」我苦笑。

「哈哈，那就這麼決定啦。交稿的時間在這一兩個禮拜喔。」她向我交代細節，語氣聽起來很輕鬆。

「我會趁這幾天寫完，妳也加油！」

「哈，當然會加油。」喬喬笑了，「畢竟我的語文能力沒有妳好嘛。」

「妳可以挑自己熟悉的領域寫啊，這樣比較容易。比如說……暗戀？」

我想趁機虧她，但沒想到，她似乎沉默了下，好一會兒才說：

「暗戀嗎……」

我感覺到她正在思考。有那麼一刻，我認為她不是我熟悉的那個活潑天真的喬喬。

「好，我知道了。」她輕聲說。

沒有提到薛初凡引起的軒然大波，也沒有多一句的閒聊，不知道從什麼時候開始，她好像沒以前那麼健談了。

傍晚，我沒什麼事能做，就把以前寫剩的稿紙拿出來。我想了很久，才拿起筆堆砌由文字化身的寂寞。

爸媽究竟離去多久了？我沒有細數，卻能感覺寂寞隨著時間不斷擴大。

希望，當格子填滿，我的內心也不再空虛。

整篇作文才完成一半，我聽見瑪姬「咚咚咚」地跑上樓。我疑惑地瞧著她，信口詢問狀況。

「有個人來找小姐了。」她的樣子看起來很高興。

「誰？喬喬嗎？」也只有喬喬來過我家了。

「不，是個我不認識的人……」

沒等她說完，我的心底便湧現一股怪異的預感。

衝下樓，我看見了難以置信的畫面——

那個站在門外的男孩，居然是薛初凡！

唐月見：我不懂，你到底為什麼要抓著我走。就算我邊走邊哭，也沒有關係嗎？

章之四　暗戀這回事

暗戀的人，像在走一座神祕的橋，永遠也不曉得會通到哪裡。

如果，那個人能在彼端溫柔地等著我，那就好了。

我沒想過一個人的心可以這麼堅強。我不是拒絕他了嗎？我不是……狠狠地推開他了嗎？
就在此刻，我望住眼前這個男孩。悠然的笑容掛在他臉上，看起來一點也沒有被打擊的樣子。
瑪姬請他進來，上揚的嘴角顯露她的好心情。薛初凡當然接受了，還一屁股坐在沙發上。
……等等，有件事我想不透。
他到底是怎麼找到我家的？
薛初凡注意到我的視線，轉頭一笑：「妳家好大喔。」
原來他還知道這裡是我家？一點都不想檢討這麼冒失地出現的自己嗎？
「你怎麼會來？」其實我想問的是，他怎麼會知道我家在哪裡。
「問了一下班代妳家住址，放心，沒有跟蹤。」他信誓旦旦。
有差嗎？而且，班代這麼做沒問題嗎？
「你到底為什麼要來？」
「我有話要對妳說。」
我望著他，目光炯炯的樣子不像開玩笑。
「那……」話到嘴邊，不知道該說什麼的我再次沉默。
絲毫不在意我尷尬的窘境，他細細品味瑪姬替他泡好的茶，沉靜的側臉看不出情緒，只有一雙墨黑的瞳孔透出陣陣流光，溫柔地蜿蜒。
應該要說些什麼才對吧？
面對這個溫暖的人，我應該要試著做什麼吧！
「薛初凡，我覺得你是個很耀眼的人。」

為什麼要這樣說，我也不知道，但我依然固執地盯著桌面，任由薛初凡朝我投以好奇的目光。

「你溫柔開朗，長得也蠻帥的，有很多女生喜歡你，繞著你轉的朋友也不少。所以，你突然接近像我這種被排擠的人，我才會覺得很奇怪。而且，我們根本是不同世界的人，是要怎麼好好相處？」

他聽了，張嘴想說話，但我制止他，繼續把話說完：

「你說你想幫我解開誤會對吧？老實說，我到現在還是不認為那有用，因為人際關係也不是兩三句話就能改變的。」

「不過，看見你還是那麼開朗的樣子，我忽然覺得，雖然我的人生還沒有多大變化，但如果再努力一點，真的照你所說的去做的話，或許……」

或許我能從他身上獲得一點點勇氣吧。

話還沒說完，我卻沉默了。接下來我該說什麼？其實，我根本還沒想好接下來的生活要怎麼過，也不知道要怎麼改變一切。

可是，瑪姬勸我要溫柔地對待自己。

而薛初凡這個人，就算被我狠狠推開，也還是不顧一切地（用變態方法）回到我眼前了。他想幫我，不是嗎？

我很確定，我不想被排擠。所以，我勢必不能繼續虧待自己……

「月見。」他忽然出聲。

「嗯？」

他望著我，像是有很多話要說。

「我才不認為妳和我不能好好相處。應該說，我們本來就不一樣。像我就不會餵路邊的小貓，也不會幫一個素未謀面的人送什麼情書，更不會隱忍那些對自己不好、還誤會自己的人。」

薛初凡的語調輕柔，溫和的字句在心裡緩緩沉浮，是盪漾的悸動：

「月見，我覺得妳很溫柔。我知道妳過得很辛苦，也被很多惡意包圍，但即使如此，妳還是做了很多善良的事啊。妳不會因為這個世界不理解妳，就不去理解這個世界。在我眼裡，妳就是這樣的人。」

「在我心中，人沒有什麼層級之分，也沒有這類的人就不能跟那類的人相處的規定，我在乎的，就只是我喜不喜歡眼前這個人給我的感覺而已。」

他的目光很深，比起以往多了一些慎重。我知道，他是很認真地在說這段話。

「……我給你的感覺是什麼？」

我知道自己不應該問，可是，在這個人面前，好像沒有什麼應不應該的事。真神奇啊，他就是那種不被世俗拘束的人。

為什麼呢？明明我之前還那麼想抗拒他，可是現在……

「妳說得很對，我的確對妳一點也不了解。」他笑，「不過，不管妳是怎麼樣的人，至少我看到的、遇到的唐月見，展現的都是吸引我的那一面。」

「唔……」

他知道我的臉變紅了，但他還是繼續說下去：

「所以，妳給我的感覺，就是讓我想不顧一切地去喜歡妳的那種感覺。」他溫柔接話。

他說喜歡我了，我應該要抗拒的，但為什麼有一種捨不得的感覺？

「然後啊，從今以後，妳就別再躲我了好嗎？」

「我……」我別開目光，不想正面回答他。「我們從今以後可以當朋友。」

我不說他是個好人，應該就不算發卡吧？是吧？

我瞄他一眼，他呵呵笑，好像也不難過。「對了，妳跟那個暗戀的男生怎麼樣了？」

「你想幹嘛？」我莫名警戒。

薛初凡審視我的反應，「噗」地笑了：「這麼緊張做什麼？我又沒要對他怎樣，我才不是小心眼的人。」

我才驚覺自己的失態，「喔，抱歉，我也覺得你應該不是那種人。」

「所以，告訴我那傢伙平時會在哪裡落單吧。」他眼神一凜。

「靠！所以你明明就是那種人嘛！」

看我不小心罵髒話，他也沒說什麼，就只是一直笑。

盯著他嬉笑的臉，我悶聲說：「我和那男生之間什麼也沒有。跟你說過了，就只是同學。」

「喔……」薛初凡若有所思。

他到底想做什麼？我是喜歡鄭豫凱，但他也有女友了，根本就不用特別忌諱他吧。

「我在想啊，要是我跟妳同班，妳搞不好就不會喜歡他了。」

「啊？為什麼？」

「因為，我會對妳更好啊。那傢伙雖然不討厭妳，但有很認真地為妳平反過什麼嗎？」

「是沒有啦！但，我、我又不是因為他對我好，才喜歡他的……」

等等，真的不是嗎？仔細想想，不管是什麼原因，好像都是從他替我解圍後才開始的。

他看我還在思考，就說：「不過，我後來想想，要是我先認識妳，搞不好就不會變成現在這樣了。」

「什麼意思？」

「要是我早就跟妳同班，或許就不會覺得妳特別，也不會對妳有感覺了。緣分是很奇妙的，它讓我遇見了妳，也讓我從每件事情看見不一樣的妳。雖然我們不同班，難免和妳有距離，但也正是因為我們之間的距離，才讓我想拼命地靠近妳啊！」

聽了，我嘴角一彎，沒轍地笑出聲音。

該說他樂觀呢？還是天真？不管怎樣，都是我缺乏的特質吧。

「反正，我現在根本不在乎是誰先認識妳啦。」

「那你到底在乎什麼啊？」我問。

「我只在乎，今後是誰陪在妳身邊。」

「咦？」

說完這句話，他就站起身來，悠然地望著我。他的目光很叛逆，像是根本不管我心裡住著誰。

我愣愣地看他，一不小心就說了一句話。

「你……到底為什麼會喜歡我啊……」

聽了，他笑得更深，「我不知道啊。」

啊？也思考一下吧！這是什麼敷衍的回答啊，沒禮貌！

八成看出我的不爽，他一下子就竄到我身邊。他彎下腰，在我耳邊輕吐一句。

「那妳知道嗎？」

「唔？」

「妳知道嗎？妳喜歡那傢伙的原因。」

「我……」的確，沒辦法用兩三句話就說明。是從什麼時候開始的，也沒有具體的脈絡可循。可是，我很清楚自己喜歡他。

他望著我，知道我也懂了，就拍拍我的頭。那一刻，我覺得他還真是狡猾。用這種方式提醒我……我不就沒辦法說服他了嗎？

一陣風自頭頂吹過，我坐在操場旁的石磚上，放眼望去，幾個男生在球場穿梭，打球打得痛快無比。我出神凝望其中一個男孩，他取得了控球權，似乎正在思考該怎麼突破重重包圍。

或許是我太專注看他的臉，所以連他是怎麼突破防守的都沒看到。男孩在下一秒進球得分，場上隨即傳出一陣鼓舞的吆喝。

「好厲害喔！」

在我身旁的喬喬附和：「鄭豫凱打得真不錯耶。」

「對啊！我根本沒看見他是怎麼脫困的。聽說籃球校隊要網羅他，卻被他拒絕了。」我托著下巴說：「不懂為什麼他不想加入，有很多人想進去都沒機會。」

「或許是因為顧慮課業吧……」喬喬有些心不在焉。

我這才掉頭看她，「是想起妳喜歡的人嗎？我記得妳說他籃球很厲害。」

她呆了一下，像是對這個話題措手不及。

「嗯？不是嗎？」

「厲害是厲害，但看不到有什麼用？」沒想到她的語調急轉直下。

「別難過嘛……」我收斂笑容，拍拍她的肩，「我們常來籃球場吧，一定有機會能看到。」

「當然能看到啊。」

喬喬很迅速地接話，害我愣了一下。該怎麼說？見她這麼有自信，我是該替她高興，但是……

「不過，他一定不是專程打給我看的。」她的聲音更沉了。

「喬喬……」

「沒事啦，妳別介意。」她淡淡接話。

我擔憂地瞅著她，不懂她為什麼忽然這樣。

「妳在難過嗎？是因為一直見不到他？」我小心翼翼地問。

「不是。」

她沒有進一步解釋，整個人看起來很悶。她望著前方，瞳孔卻沒有焦距，像是迷失了一樣。

我正想問她，但有個人靠近了我。

「能幫我拿一下水嗎？」

我納悶抬頭，赫然望見鄭豫凱的臉龐！

「咦？」我坐直身軀，戰戰兢兢地和他對視。

他剛才說什麼？糟糕，想不起來……怎麼會突然忘記了！快想啊！

「嗯……我說，水。」他似乎也被我的緊張搞得不知所措，慢慢指向我身旁的一瓶礦泉水。

「啊？你的嗎？給你！」我馬上拿起那瓶水，雙手遞上。

「謝謝。」

他道謝，不一會兒就喝光了原本還有三分之二的礦泉水。隨意用衣袖擦去臉上的汗，他望了空盪盪的寶特瓶一眼，將它放回地板，轉身就要走。

球場上的同伴已經在呼喚他了，我卻下意識站起身，叫住鄭豫凱：

「等、等一下。」

他詫異回頭。

「你還很渴吧？我去幫你買一瓶怎麼樣？」

話說出口，我才驚覺自己有多麼唐突。

鄭豫凱看起來很訝異，我躊躇半天，正想說「開玩笑的」來給自己台階下，他卻在那一刻同意了。

「……那就麻煩妳了。」

耶？答、答應了？

他點點頭，便再次轉身離開。他在球場上的同伴好像不是很高興，左一句「她找你幹嘛」，右一句「離那傢伙遠一點比較好啦」地批評我。不過，那些都不重要了……

「喬喬！」我開心地拉住還在發愣的女孩，「我們去買水吧！」

還好我的錢包從不離身，才能為鄭豫凱做點事。就算是這麼微小的事，我也很高興自己能幫上忙。

我們的體育課有兩節，代表鄭豫凱能在第二節喝到我買的水。光是這麼想，就覺得超開心！

「看妳真的很高興耶。」喬喬看著我說。

「當然啊！難得有這種機會。」我頭也沒回，挑了一瓶礦泉水。

「像我，就不能為喜歡的人做事了。」

我掏出錢包的動作停頓了一下，回頭笑笑：「別那麼氣餒嘛！」

「就算見得到面，也不能幫他買水。」喬喬卻固執地說下去。

我困惑地回望喬喬。這些日子的不對勁、無意間流露的冷淡……

「喬喬，妳……是不是怪怪的？」

她沒回答，低頭走在我後面。我才正想問清楚，突然有人從眼前閃過，一回神，我手裡的水已經不見了。

「哈，給我的吧？」

聽見熟悉的聲音，我像是觸電一樣，猛然回視這位搶走礦泉水的傢伙。此時，薛初凡正揚著得意的笑容，一點都不客氣地開了就喝。

「薛初凡！」我咬牙切齒。

他沒理我，逕自將水灌去一半，心滿意足地彎起嘴角：「月見，妳還真是體貼，知道我打完球很渴，特地幫我買水。」

「誰特地幫你買水啊！那才不是給你的！」我臉都氣紅了。沒看過有人那麼厚臉皮！

「不是嗎？那妳要買給誰？」

「當、當然是鄭豫凱。」

「妳喜歡的人啊？他人在哪裡我怎麼沒看到。」

「在球場上啦！」

「喔……」他的目光移回只剩一半的礦泉水上，思考了下，又說：「我已經喝掉一半了耶，怎麼辦？」

還、還能怎麼辦！

我實在是氣到沒辦法好好說話了：「你買一瓶新的給我！」

他笑嘻嘻地答應了，又轉進去買了新的礦泉水，慢條斯理地走回我面前。我才正要接下，他卻突然冒出一句話：「不過，這瓶是我買的，代表那個鄭什麼的是喝到『我』買的水。」
「這有什麼好炫耀的？」
「有，因為我是喝到『妳』買的水，意義完全不同喔。」薛初凡認真解釋。
不對吧！有必要說得那麼曖昧嗎？喬喬她一定會誤會啦！
我轉頭看喬喬，發現她好像很驚慌。也對，喬喬生性比較文靜，肯定不擅長應付這種浮誇的傢伙。
「妳朋友啊？」薛初凡隨口問。
「嗯，她是喬喬。」我又看了她一眼。
喬喬回過神，對薛初凡點頭示意。
「妳好，我叫薛初凡，跟月見的關係很好。」
沒想到，他竟然給我胡說八道。
「我聽你在亂講！」我掄起拳頭嚇唬他。
「天啊，妳什麼時候才能溫柔一點。」他佯裝驚嚇，後退了一步。
「你有意見嗎？」
「沒有喔。」
笑呵呵地，他回頭看了旁邊那群好友一眼。
「灶腳，這女生你認識喔？」
我聽見有人這麼問。瞬間，有五、六個男生上前把我們包圍，好奇的目光紛紛落在我身上。
「怎麼樣，很可愛吧？」愉快應答，他炫耀般地靠近我一步。
「不錯啊！好高喔，介紹一下啦。」那些男生竟然這麼說，讓我受寵若驚。

或許薛初凡沒說錯，我只會在自己班上被討厭。

「滾啦！」薛初凡居然把那些人往後推，「誰知道你們會不會偷偷把她追走？」

他們震驚，「意思是你在追她？」

天啊，薛初凡，千萬不要說出來！

他刻意忽略我殺人的目光，俏皮應答：「你們別管那麼多啦。」

雖然他沒正面回應，但在場的人差不多都懂了他的意思。

「對了，月見……」他湊近我耳邊，跟我說了幾句話。

我還在發愣，他就回頭，推著那些朋友走了。離去前，我還聽見那些人嘴上在說：「靠，帥死一堆女人的灶腳也有這一天喔！原來你喜歡氣質妹子啊？」

氣、氣質妹子嗎？我？

我很慌亂，不小心撞上喬喬探究的眼神。她看著我，「那個人，真的在追妳嗎？」

「薛初凡？呃，他開玩笑的啦！」我只好隨便說。要講出追求之類的話題，實在太難為情了。

喬喬輕輕地「喔」一聲。我凝視著她，她發現我的視線過於灼熱，還出聲問我怎麼回事。而我沒回答她，只是搖搖頭，離開人潮漸多的福利社。手裡拿的礦泉水已經稍微退冰，那些水滴，連同不安的意念，一起滲透在掌心了。

喬喬，不會喜歡薛初凡吧？

這是不可能的，因為薛初凡對她一點印象也沒有。而且，喬喬也不會因為薛初凡很帥，就把自己暗戀一年的男孩忘得一乾二淨吧？

所以，不可能的，怎麼想都是不可能的。

一路沉默，我們以緩慢的速度回到操場。

算了，不管喬喬喜歡誰，薛初凡說了什麼，還是他朋友對我有什麼興趣，都不要想了！

現在，把礦泉水拿給鄭豫凱，才是最重要的！

沒注意前方的動靜，我低頭跑向球場。突然，空著的左手一緊，讓我停下了腳步。我納悶回頭，不懂喬喬為什麼要在這個時候拉住我。

她一臉為難，我還以為她要跟我說什麼……

「還是別去了吧！」

「咦？」

「妳自己看。」她指向球場。

我轉頭一望。

剎那間，前方狠狠拉出一道無法跨越的距離，悲傷得讓人停駐不前。

有個女孩站在鄭豫凱的身邊，為他遞上水藍色毛巾。而他，仔細將臉龐的汗水擦去，才睜開黑眸，對她溫柔笑了。他手裡也拿了一瓶礦泉水，和我買的是一樣的牌子。

他的女友……已經替他準備好了吧。

明明是美好的畫面，為什麼還是有種想哭的感覺？

早知道別說要幫他買水了，我原本就不該提出這種要求。他的身邊已經有一個位置，就算我勉強擠進去，也是不被祝福的第三者。更何況，我連擠都擠不進去。

鄭豫凱不會喜歡我的。他只是可憐我被欺負而已，我為什麼要抱期待？我真的……太蠢了！

我落寞地轉身離開，卻觸見鄭豫凱不預期放遠的目光，和我慌亂的視線撞在一起。

那瞬間，我毫不猶豫地逃開，像是要將挫敗感狠狠甩在後頭。

「月見！」喬喬在後頭喊我。

我停頓了一下，咬緊下唇，佯裝沒有聽見。

對不起，喬喬，我必須找個地方冷靜下來……

「月見！」

彷彿是為了不再看見那個畫面。

彷彿是為了不要落下淚。

彷彿是……

跑得夠遠了，我停下腳步。現在的我只想靜一靜，不要任何安慰。我太在意鄭豫凱了，在意那個女孩，在意他們的幸福，在意他驚訝的眼神。

如果是他的話，只會笑著說一些白癡的話吧？他不會……像在可憐我一樣，給我任何安慰吧？

閉上眼，我再度啟步向前。

我還記得。

記得薛初凡要從福利社離開之前，在我耳邊說的話。

「我等妳，在活動中心二樓。我等妳一節課。」

彷彿是為了要再見他一面。

薛初凡：與其暗戀，我還寧願單戀。至少，我不用壓抑自己，能夠全心全意地對妳好。

章之五　故意

女孩的私語，曾幾何時，已經成為傷害彼此的武器。

當我們笑容不再，才明白，原來這就是不能被輕易改寫的青春。

有個人坐在二樓看台，專注地看著下方。當他聽見走路的聲響，才發現我的到來。
「幸好妳來了。」
「你認為我不會來嗎？」我站在原地直視薛初凡。
「嗯，我以為妳又會像上次一樣放我鴿子。」
我笑了笑，走向他，坐在他身旁。
他沉默，想了半天，好像有什麼話想說。
「想說什麼就說吧。」我提醒他。
「嗯……妳手上的水是我買的吧？怎麼回事？」他拿走我手中的礦泉水，那瓶不該送出去的水。
「沒給。女朋友幫他準備好了，我的存在就不是那麼重要。」
薛初凡什麼也沒說，靜靜地陪著我。
「我沒有很傷心，只是有點在意……」
我自言自語，他點頭。
「其實也沒什麼大不了的，只不過是慢了一步。」
我說給自己聽，他又點頭。
「水，我也可以自己喝掉啊！」
講完，接過他遞來的水，我喝了一口：
「輪到你說了吧？那麼安靜不像你。」
「那……」他又把水搶回手上，居然一次灌了一半。
我皺眉，「你是水桶嗎？」

「嗯？那是因為妳喝過的水特別好喝吧。」他看了我一眼，發現我拿起手機，「喂！妳、妳要打給誰？警察嗎？冷靜點！」

我面無表情地放下手機。

「對了，能不能跟我說說校花的事？」

薛初凡歪頭想了想，才說：「她好像叫什麼靜的，我一時想不起來。聽說是轉學生，最近才來我們學校。我們班的男生都說她一定是這屆校花，看起來超清純。才藝方面，我朋友說她主修鋼琴……還是口琴？豎琴？古箏？小喇叭？啊，忘了，隨便啦。」

覺得敷衍。還有，不是「一時」想不起來吧！他應該從來沒記起她的名字過。

「妳很在意那個情敵喔？」他問。

「在意也沒用，她光是臉皮就贏我了。」在校花面前，我只能算雜草吧。

「我才不那樣認為。」他搖頭，語氣鄭重：「妳比她高，要知道身高一六五以上的女生也是很難找的。臉蛋的話，妳們不同型，她甜美，妳清秀有氣質，不代表她比妳漂亮！」

我失笑，「你一直在找高一點的女生嗎？」

「喂，我喜歡妳又不是因為身高……雖然我也對矮子沒興趣。」他咕噥。

「為什麼？」

「因為我高大挺拔啊，女朋友太矮要怎麼親？」

我瞪他。

「開玩笑的啦！其實我可以拿梯子讓她們爬。」見我嗤之以鼻，他呵呵笑。

「白癡！」我笑了出來。

「不過……」

薛初凡淘氣起身，也順便把坐著的我拉起來。我不解地抬頭，觸見那雙雪亮瞳孔散發幾分狡黠的氣息。

然後，他朝我靠近。

我察覺不對勁，正想後退時，他突然說：

「我們的身高很適合接吻，對不對？」

我哪知道對不對啊！

我只知道沒人會這樣說話的啦！

「你、你不要亂來喔！」我結巴。

薛初凡爽朗地笑了。

他再次靠近，我連躲都來不及，就被他輕輕吻了臉頰一下。

「我才不會亂來，頂多親妳臉而已。」

他輕快坐下，留我在原地燒紅臉。

親臉就不叫亂來嗎！

「渾蛋……」我真的沒力氣揍他。

他望著我，一點也不害羞，但目光忽然變暗了些。

「月見，妳知道嗎？其實我也是容易退縮的人。」

我納悶，一向大膽張狂的他竟然會說出這種話。

「你不像啊……」我出聲。

「我以為妳能懂。」他勾了下嘴角，「平常，我當然不容易退縮。」

我眨眨眼，還是不懂。

沒有責怪我的遲鈍，他寵溺地摸摸我的頭：「我現在是失戀的狀態啊。在這種狀態下，我很容易因為妳對他的心情，而有了想退縮的念頭。不過……我正在努力，努力試著不要被影響。哈！妳看不出來吧？」

「唔……」

我被這句話給點醒了，又再度縮回「暗戀鄭豫凱」的圈子裡。告訴自己，不要想太多，其實一切都沒有變。

沒有變。

於是，我停駐不前，他只能執著守望。

我以為我已經很嚴肅地拒絕他了。

當薛初凡沾沾自喜地跟在我身後，硬要送我回教室時，我只想挖個洞把自己埋起來。

「到這裡就好，你趕快回教室啦！」

「怎麼可以？要是妳弄丟了，警察會把我抓去盤問。」

要是你繼續跟著我，你才會被抓去盤問！

而且，誰會在離自己班級沒多遠的走廊上無緣無故弄丟！他到底知不知道事情的嚴重性？一路走來，所有人都在看我啊！

「那，你不能被我們班的人看到。」我瞪他。

「好，我這輩子都答應妳。」

答應我什麼？不要說得那麼曖昧啦！

我拿他沒辦法，只好加快腳步走。等到了教室，我就像送瘟神一樣把他用力送走。

後來，我發現喬喬不在教室，也想起自己剛才好像把她丟在操場上。唉，剛才只顧著逃跑，根本就忘記自己做出超過分的事。

想了又想，我站起身，打算出教室找她。不過這時，有個人也正好走進來。

「咦？」

「是妳。」

鄭豫凱遲疑地停下腳步，看了我一會兒。

「對、對不起，借過一下……」我無措地吐出這句話，不敢審視他的表情。

他愣一下，才側身讓我過去。我沒說什麼，低下頭快速走，他卻在這時輕輕按住我的肩膀。

「等等，唐月見！」

我回身，詫異地對上鄭豫凱的視線。

「那個……剛才體育課的事……」

我已經猜到他要說什麼，連忙接話：「不用在意啦！我、我後來口也挺渴的，就自己喝掉了。」

說完，我又補上一個怪裡怪氣的笑臉。天啊！尷尬死了，好想消失。

「呃……」

「你、你真的不用在意！」我搖手。

「那……那個人是怎麼回事？」

「啊？」誰？

我不明白，他卻搔搔頭，不好意思地說：

「就是剛才陪妳走回教室的人。薛初凡，對吧？」

「你認識他？」

「很多人都知道他，他也來過我們班上找妳。」

「喔！」我尷尬地笑笑，「對，是他沒錯。」

等等！原來鄭豫凱有發現嗎？慘了！他該不會誤會什麼吧？

他好像也想不到該說什麼，思考了很久才又開口：「我只是有點好奇而已。」

「好奇什麼？」

他愣了下，好像有點緊張，「呃，沒事……」

「喔……」現在該接什麼？

「妳忙妳的吧！」他擠出笑容，迅速地走回教室。我好像沒看過他慌張，一時之間還有點驚奇。

不過，算了，還是去找喬喬比較要緊。

這時，另一個人又迎面走來。我抬頭看清楚，發現是喬喬。

「喬喬！」

我笑著叫她，卻發現喬喬沒有放慢速度，直接從我身邊經過。我一怔，牽動的嘴角頓時斂下。

直到她已經遠離，我才回頭，懷著失落的心情，尾隨她返回教室。

她……果然生氣了吧？

後來的課我一點也不認真，盯著在手中反覆旋轉的原子筆，開始恍神。有許多畫面，在腦海中一一浮現。

像是薛初凡留在臉頰的那個吻、鄭豫凱不自然的笑容，以及……冷漠的喬喬。看似無關，卻彷彿有所牽連。

課本上的習題我一個字也沒看，直到老師叫我的名字，我才猛然回神。

「嗯？上來寫呀！」老師沒注意到我在神遊，還拍了下黑板。

什、什麼？哪題啊！

我困窘地往附近的同學看，但每個人的眼睛都直視黑板。糗大了，這下該怎麼辦？

「不會做嗎？剛才沒有人自願，所以我才想說點妳看看，我記得妳成績不錯。」

我尷尬一笑，才正想附和，前方卻有一位同學舉了手，我胸口一緊，看清楚那個人是鄭豫凱。

「啊，鄭同學要自願上來加分嗎？」老師看他。

鄭豫凱點了一下頭，不快不慢地上去了。

他在台上待得有點久，我看一眼，終於知道是哪一題了。這題真的有點難度，難怪沒有人要自願。

我忽然覺得對他很不好意思。其實這題我會，只是現在上去的話就是給他難堪。看他彷彿對題目感到棘手的背影，我在心裡打起拉鋸戰。

還好，這個問題沒有煩我太久，鄭豫凱最後還是把題目解出來了。

天啊！等等一定要找機會跟他道謝才行。

一下課，我就朝前排的鄭豫凱走去。途中，我注意到有些人在看我。

對了，我就這樣走過去的話，會不會給他造成困擾？

我想了幾秒，還在猶豫，鄭豫凱卻在這時剛好回頭，看見我站在他附近。

「怎麼了？」他問。

我嚇一跳，連忙說：「呃，我只是想說謝謝你！」

「謝我什麼？」

「……謝謝你剛才上去寫題目。」

不對，這句話好像有點怪，搞不好他只是想加分……！

鄭豫凱望著我，忽然勾了下嘴角，「喔，沒什麼，不用謝。」

不、不是想加分？

我愣在原地，心裡好像開了一朵大花。

那瞬間，我不小心笑了起來，他看著我的臉，似乎有點不自在。啊，今天我跟他說太多話了，他一定會被閒言閒語！

「那、那沒事了！掰掰！」丟下這句話，我就跑了。

唉，沒辦法，我可不能造成他的困擾。

穿越狹小的走道，幾個男生迎面而來，一看見是我，就匆忙繞道。看吧，我果然還是被一堆人討厭。

回到座位上時，我忍不住抬頭看。那群人還圍著鄭豫凱，在他耳邊不知道說了什麼。

只見他模樣冷淡地敷衍幾句，就走出教室。

幾天後，喬喬在打掃一樓階梯時摔了一跤，那時我已經清理好教室的黑板了，從走廊望下去，才正好看見她跌倒的樣子。我沒多想，丟下還在洗抹布的鄭豫凱，就衝了下去。

我喘氣來到她旁邊，喬喬好像扭到腳，回頭一看是我，嚇了一跳。

「受傷了嗎？痛不痛？」

她撫摸腳踝，慢好幾拍才回答：「扭到了。」

「我扶妳去保健室。」

我將她手上的掃具拿走，暫時放置在一旁。

「月見，妳怎麼在這？」她問。

「打掃做完了，在走廊那邊看風景，就看見妳跌倒了。」

她溫吞點頭，我沒去注意她的表情，只顧著把她送去保健室。推開門，裡面意外有很多人，聚在一起聊天。保健室阿姨看見我們，就叫喬喬乖乖坐好。

不久，喬喬接過阿姨給的冰袋，小心翼翼地包在腳踝上。

「這裡痛嗎？」阿姨開始檢查她的腳。

我看了一會兒，就轉頭看那堆閒人，他們擋在病房外，好像在跟某個受傷的學生講話。之後，又有幾個女生進來，看起來都是要找那個人的。

「那邊躺著的不知道是誰，也太受歡迎了吧。」

我隨口提起，做完檢查的喬喬沒應聲，望了那堆人一眼。

「喂，好了好了，病人需要休息，你們全部回去吧！」阿姨走過去趕人。

等那堆閒人走了，我都還沒看清楚，一個熟悉的聲音就從病房傳出來：

「月見？妳在這啊！」

「咦？」我瞪大眼，怎麼也不敢置信地瞅著床上那個人。

薛初凡興奮地從床上坐起，頓時又「哎喲」一聲撫摸發暈的頭。

阿姨沒好氣地說：「同學，不要看見美女，就忘了你快要腦震盪的頭。」

「哈！不好意思啦。」

薛初凡笑嘻嘻地躺回去，但還是不斷往我這裡瞄。嘆了口氣，我只好跟喬喬說聲「我過去一下」。

「你怎麼了？」

他無奈笑兩聲，「打球啊，隊友被蓋火鍋，球彈下來居然打到我的頭。」

哇喔，那不就超痛。

我用可憐流浪狗的眼神看他，他卻一點也不介意地往外看，「喔！妳那個朋友。我記得叫清清對吧？」

他的聲音已經大到能讓喬喬聽見了，我連忙罵他：「是喬喬才對！」

「發音很像啊……」他無辜，「她也受傷了？」

「扭到腳。」

「喔……月見，我的頭好暈。」

「你真的沒事嗎？那應該很痛吧！」

「哈，沒事啦！我以前也這樣過，多休息就好了。」

薛初凡以前也被打到頭過？原來啊，總算找到他頭殼壞掉的原因了。

「剛才很多人來看你耶。」

「月見來看我，我比較高興。」

又在說奇怪的話了，我朝他的手臂輕輕捶了一下。往外頭看去，喬喬還在冰敷腳踝，於是我起身離開。

「喂……」他還有話要說：「妳最近有空吧？我們出去玩好不好？」

他的邀約讓在座位上的阿姨都抬頭看了我們一眼。我不好意思地回頭，狠狠瞪他。

「好不好啦？」他無視我的目光。

「吵死了，再說！」

走到外面，我問喬喬是不是好一點了。

「妳是真的想這麼問嗎？」

我一愣，不懂她這話是什麼意思。

「比起我，有人的傷勢應該更重要吧。」她冷漠接話，冰若寒霜的神情嚇得我不知道該如何是好。

她的聲音壓得很低，大概只有我聽得到。

「什麼意思？妳當然比較重要啊。」

「與其關心我，不如跟他出去還比較有趣吧？」

她的話語像利刃，無情地劃開我堅信的友誼。裂縫不是不存在，只是我沒有注意到……

喬喬顛簸地站起身子，我連忙上前扶她。不知情的阿姨問她要不要再多休息一下，但她搖頭，就轉身走出保健室。

「妳可以走嗎？」我擔憂地問。

她推開我，靠在牆邊，雙瞳銳利地看過來。

「我是故意摔倒的。」

啊？

我搞不懂她在說什麼，但她不在意，冷硬地說下去：

「打掃的時候，我看見他被球打中，被朋友扶去保健室。所以我才故意摔倒，讓自己受傷，這樣就可以跟著進去了。」

「為、為什麼？」

「妳看不出來嗎？我喜歡薛初凡。」

一瞬間，所有的不安，所有的猜疑、失落，全都因為這句話被解釋得明明白白。我抿緊下唇，注視喬喬那張臉，她帶刺的神色是我從來沒見過的。

「但是，月見，為什麼妳要來？」

「什麼？」

「妳為什麼非得在這個時候出現？」

「啊？我只是……」

她打斷我，整張臉都紅了：「我都已經、已經眼睜睜地看妳跟他打情罵俏了，為什麼連這種時候，妳都要剛好出現在這裡？在妳旁邊，他根本不會注意到我，根本不會！好不容易才有的機會，只要妳一出現，就什麼都毀了！他甚至連我的名字都不記得！」

「我只是看見妳摔倒，所以才匆忙趕過來！」我不懂她為什麼要怪罪我，我明明只是擔心她而已！

「那以前呢？妳總是在我面前表現得和他很好的樣子，從來沒有注意過我的感受！我的沉默、我的疏離，妳通通沒有看到！妳不是很聰明嗎？為什麼連我的心事都沒辦法察覺？一定要我像這樣講白嗎！」

她已經失去理智了，胸口不停起伏，還用陌生的眼神看我，看得我很傷心。

「我問妳，妳都說沒事的……」顫抖著聲音，我不知道自己臉上是什麼表情。

喬喬冷笑一聲，「那，妳真的認為我沒事嗎？」

她的嗤笑，讓我也不高興了。

「我怎麼可能知道妳喜歡薛初凡？別人也就算了，我是妳的朋友耶！妳喜歡的男生另有其人，而且妳還每天在我耳邊講他！我當然不可能知道妳喜歡薛初凡啊！」

「我就是喜歡他，沒有別人了。」她冷語：「在公車上救我的人是他，我不可能認錯。」

「怎麼可能？他不認識妳呀！」

「對，他不認識我，他忘了我，他完全不記得我，這樣妳高興了吧？」

我愣住，一時無法接受這個事實。為什麼會有這麼巧的事情？為什麼薛初凡就是剛好把喬喬給忘了？

為什麼薛初凡會喜歡我？

為什麼……這莫名其妙的巧合到底是為什麼？

「那天，妳上去活動中心，我也跟過去了。」

冷不防，她再度說出驚人的話，我睜大眼，抬頭和她對視。

「妳、妳跟蹤我？」

「原本我是關心妳，也擔心妳要去哪，誰知道一跟過去，就看見在那邊等妳的薛初凡？後來，我看他親了妳的臉，就覺得我為妳擔心全部都是白費。」

我傷心地低問：「……妳覺得是白費嗎？」

或許是我的聲音太深重，她斂下氣焰，凝望我一會兒，才用悲傷的語氣說：

「妳知道嗎？自從那天在公車上遇見他，我每天都會幻想我和他的第二次相遇。或許是在福利社，剛好拿起同一個便當；或許是在操場，我幫他撿起滾遠的籃球；或許是在樓梯間，不經意的轉角偶遇……但，這些事情，從那一天開始就都不成立了。」

我怔忡一望，她的眼裡聚滿了淚水。

「他到我們班上找妳！我就知道、就知道那些幻想不可能成真了。」

「因為，我和他的第二次相遇，居然是寫在妳的故事裡！就連我朝思暮想的名字，也是透過妳才知道的。每當想起這些，我就會覺得那個活在美好幻想中的我，真的很蠢、很白癡……」

說完，她就哭了。我想幫她擦掉淚水，卻無法動彈。

我們怎麼了？為什麼會這樣？這個故事，走到這裡，真的是對的嗎？

我什麼也無法思考了。

當成為喬喬愛情的劊子手，我就再也無法思考了……

唐月見：正因為喜歡，所以我們都故意做了很多事。為的，就是心上人的一次回眸。

章之六　妳比較重要

你說，我比較重要。你還問我，是不是不喜歡現在的生活。
老實說，我還真的不喜歡。可是，謝謝你提醒了我，無論世界多麼討人厭，
都要記得愛自己。

有時候，過分的空虛會讓人感到寂寞。

我從夢裡抽離，睜開眼，兩眼無神地直視天花板。時序進入微涼的初冬，透進來的空氣卻還是很舒服，好像這麼吹著吹著，就不禁要睡著了一樣。

我拿起安放床頭的手機，看了半天，沒有新訊息，也沒有什麼漏接的電話。唉，我在期待什麼呢？明明就已經跟她吵成那樣了……

餵了雪橇，我下樓的聲響讓正在下廚的姑姑回頭一望。端詳餐桌上已經準備好的豐盛早午餐，我還在納悶瑪姬去了哪裡，姑姑卻先開口了：

「我讓瑪姬去上課了。」

「上課？」

「我幫她報的繪畫班。」她恬雅一笑。

「這樣……她一定很開心吧？」

清理完廚具，她看向我。

「嗯，剛才還想下跪感謝我呢，真讓我嚇到了。」

我轉而拿起桌上的刀叉，「這些……」

「吃吃看吧！我好久沒幫妳準備了，真擔心不合妳的胃口。」

她殷勤催促，我就上前嚐了一口，香軟的鬆餅散發淡淡的蜂蜜甜味，完全不膩口。誰說的？不管什麼時候，姑姑做的東西都很好吃啊！

看見我滿足的表情，她欣慰一笑，信口提起關於公司的事。我邊聽邊吃，偶爾將視線移到電視上，等看膩了以後，我也吃完了，攤在沙發上不知道要做什麼。

分不清這是姑姑第幾次咳嗽了，我皺眉問：「姑姑，妳還好嗎？是不是感冒？」

「大概是最近累了吧！有很多案子要接。」她笑說沒關係，「多休息就好，我等等再去樓上躺一下。」

「如果太累，就不要勉強接那麼多案子了吧……」

「我知道、我知道。」

給我一個安慰的微笑，她整理一下便上樓去了。

度過煩悶的下午，我在傍晚轉頭觀望窗外的景色。天已經黑了，沒意外的話，現在夜市應該有不少攤位了。我再度拿起手機，還是沒有任何訊息。唉！說不定喬喬真的不打算跟我聯絡了。

奇怪的是，我沒有非常難過，只是覺得有點寂寞。這樣的我是不是很無情？

「去夜市逛逛好了。」

我自言自語，悶悶地抓起一件外套。

我搭上公車，沒多久就到了附近的夜市。橫越馬路時，還看見有一對情侶在前面放閃，看得我這隻單身狗一臉厭世地超越了他們。

一回神，我已經站在章魚小丸子的攤位前。老闆看起來很忙，隊伍排了長長一串。有人以為我有插隊的意圖，還義正辭嚴地叫我去後面，我只好落荒而逃。

天啊，我幹嘛來這折磨自己？想也知道一個人逛夜市根本一點也不好玩啊！

想到這裡，又不禁沮喪了起來。

閒逛十幾分鐘，我的腿有點痠了，想找個地方休息。不遠處有幾個空板凳，我決定休息一下，等等再買個東西回去孝敬姑姑。

然而，當我真的坐了下來，腦子卻沒跟著休息，反而變得一片混亂。空氣透著微涼的溫度，一陣風迎面吹來，那天的記憶也被輕輕掀開了。

爭執到最後，我當然還是先把喬喬扶回教室了。她雖然臉很臭，但也沒有拒絕，可能是腳真的很痛吧。其實，我很佩服她，也很心疼她的舉動。怎麼會有人為了想見喜歡的人一面，就故意把自己弄傷？而她這麼做了。是這份喜歡的心情，以及不甘心……驅使她做出了這種傻氣的行為吧。

到教室後，她一句話也沒說，就回到自己的座位，不再理我。這是意料中的事，即使我已經想像過，胸口還是微微發疼。

這就算鬧翻了吧？那天，喬喬果然也不等我一起放學了。

班上的人好像沒一個感覺到異樣，畢竟大部分的人本來就把我和喬喬當作空氣。不過，就在我沮喪地走出教室時，有一個人卻站在門口攔住了我。

我愣了下，抬眼觸見鄭豫凱站在那。他的雙眼很靜，但似乎正在等我。

「妳們怎麼了？」

「你……你是說……」

「妳和張侑喬。」

我牽動了一下嘴角，卻沒有笑意，「我們吵架了。」

他一下子說不出話，只是沉默。教室的同學都已經走光了，他好像是值日生，所以留下來關燈關窗。我也沒事做，就放下書包，陪他一起關。

「我能問原因嗎？」

「……」

我靜靜看他把電扇關掉，扇葉的速度變慢，漸漸沒有了動力。看著看著，體內的某根神經似乎被抽動了，眼眶也變得有點熱。

「談談就好了吧。」

「咦？」我看他。

「妳們平時那麼好，怎麼可能因為一次吵架就鬧翻。」

「應該說，我們從來沒吵過架，所以我也不知道要怎麼辦才好。」況且，我可能也算是她的情敵。這種事要怎麼解？

「不要逃避就好。」他邊說邊拿書包，看來是要走了。我連忙跟上，等他鎖好教室，就和他一起走向樓梯。

「那個……」

他看了我一眼，「嗯？」

「有些事，沒辦法這麼簡單就解決吧。」就算薛初凡不再喜歡我，我們之間可能也會有疙瘩。

「我突然有點好奇妳們吵架的原因了。」說完，他微微一笑。他看我愣住，又說：「沒事，妳還是別說吧。不過，有些事看似複雜，但其實很簡單。比如說……妳有想過她生氣的原因嗎？」

「生氣的原因？」不就是因為我沒注意到她喜歡薛初凡，還在她面前打鬧嗎？

「看妳的表情，好像已經有了答案。」

不知不覺，我們已經走到一樓。他望向操場，有幾個球友在呼喚他。

「……不過，這個答案是不是正確，妳還是再思考看看吧。」他把書包隨意地放在一旁的石磚上，就轉身面對我。「她也很在乎妳吧？站在好友的立場，會因為什麼事情生氣成這樣？妳心裡想的，不一定是她真正認為的啊。」

「有時候，我們只是不懂對方的心。搞清楚了，說不定就能和好了。」

最後，鄭豫凱這麼說。

夜市愈來愈熱鬧，我的心情卻沒有任何起色。喬喬真的不是有意跟我吵架嗎？但，她的話都說得那麼絕了……

果然還是不該想太多吧？

有大叔不小心撞到我，害我差點摔在地上。他連連道歉，不一會兒又離開了。我摸了一下疼痛的肩，站起身隨意張望。在那當下，我不預期地望遠，看見一張極其熟悉的臉。

「啊！」我驚叫。

一名中年男子，手裡牽著一個可愛的小女孩。女孩的臉上堆滿笑容，是再平凡不過的簡單幸福。

可這幸福，我好像連想像都做不到。

兩人的後方，還跟著一位美麗貴婦。我不會認錯的，那個婦人……

「媽媽！我想吃棉花糖！」

「爸爸會買給妳啦。」

婦人這麼說了，而男子轉頭，對她寵溺一笑。女孩高興地用另一隻手牽起婦人，圓滿幸福的形狀。

媽媽……

我什麼都說不出口。

我知道她改嫁，我知道……

在人群中，我能清楚看見他們的笑臉。那是一個任誰也打不破的美滿家庭，一種不可能被拆散的幸福。

而我呢？

到底是怎麼活過來的？

我蹲下來，忍不住掉了眼淚。有很多事、很多人，都在侵蝕我。我好像已經被世界切割成兩塊，一半是虛無，另一半是對自己的冷漠。我沒有痛哭流涕、榨乾悲傷的能力，也沒有快樂起來的理由。世界啊，我好像被你奪走了很多東西。

不過，這又好像不是你的錯。

是我太沒用嗎？還是，我生下來就是錯？

就像爸媽離開的那晚，我的眼裡只有被他們摔碎的玻璃杯一樣。那些謾罵，我連聽都聽不進去。現在，我也只能看得見碎成好多塊的世界，在深藍色的視野對我招手。我甚至不明白拼湊的方法，更不明白自己有什麼錯。

直到現在，我才知道……

我脆弱得連自己都抵擋不了。

「月見！」

傷心過頭，原來也會有幻聽啊。

「月見……」

然而，在那片深藍的視野裡，有個模糊的影子堅定而來。那好像不是幻聽，如同他不曾食言的溫柔陪伴。

影子——逐漸清晰。

有個人，在我最痛苦的時候，從一望無際的殘缺中，找到了我。

以前我也曾傷心地哭過，為了什麼已經不記得了。不過，從來沒像這次一樣慘。此刻的我，就這樣抱著他狠狠哭泣。而他，那個在夜市裡找到我的人，把我帶出了夜市，甚至在我哭的時候，輕柔地拍我的背。

他什麼也沒說，剛好，我也只知道哭。

人為什麼會哭？因為傷心嗎？

我是很傷心。可是，好像說不出是為誰而傷心。

緘默一陣子，我輕輕推開他，一雙藏滿疼惜的瞳孔映入我的眼中。

「謝謝……」

我的聲音略顯沙啞。剛才抱著他放聲大哭，現在忽然覺得有點丟臉。我想，我的眼眶應該跟臉一樣紅吧！

「謝什麼啊？真要謝我的話，就親我一下吧。」

我又默默拿起手機，他猛然一驚，「……別報警啊！」

「薛初凡，你真的不是普通等級的白癡。」

「喂！我那麼擔心妳，妳居然說這種話。」

「那又怎樣？白癡就是白癡。」

我們互不相讓，直到他「噗」地笑出聲。

「如果心情好一點了，要不要說一下到底發生什麼事？」他斂下嬉笑的神色，轉而對我溫柔注視。

「……」

發生什麼事？似乎也不是三言兩語就能描述。

不過，我總有生活的軌跡。或許他想聽的，就是這個吧？

我把遇見媽媽的事說給他聽，聽完之後，他沒什麼表情，語氣卻很溫柔。

「月見，妳應該也希望她過得好吧？只是，人還是有比較心態，尤其是在心情低落的時候，更容易放大。妳一定會想，為什麼她離開了之後過得那麼好，是不是？」

我望著他，沒說話。薛初凡雖然平時少根筋，但關鍵時候，好像總是能說出很懂我的話。

「可是，如果真要比較的話，永遠也比較不完啊！」他說：「她雖然看起來很好，但搞不好女兒個性比妳還機歪，每天總是抱著頭在燒……啊！幹嘛踹我！」

看我拚死瞪他，他只好換句話說：「總之，她有她的好，妳也有妳的，根本就不用去比較。」

「可是，我過得又沒有很好……」

他望著我，眼裡似笑非笑，「月見，妳真的不喜歡現在的生活嗎？」

我愣了下，似乎沒辦法馬上回答。

有什麼好喜歡的？我在班上被排擠，還被父母拋棄，唯一的親人是整天都在忙工作的姑姑。原本在班上還有一個朋友，現在可好，連一個都沒有了……

而且，我喜歡的人已經有女朋友，還有什麼比這些更慘？

我愈想，愈覺得自己悲慘。可是，當我抬起頭，薛初凡還在注視我。他的目光很溫柔，像是在提醒我……我的心裡，也有這樣的溫柔。

我不喜歡嗎？

這樣的「唐月見」，我真的不喜歡嗎？

「的確，我很討厭那些發生在我身上的倒楣事。」我避開他的眼神，語氣清淡：「可是，在我心裡，好像還是有想牢牢抓住的東西。」

我記得，喜歡的人跟我講話的時候，那種心焦、甜蜜的感受。我也記得，姑姑好不容易排開工作，和我一起跨年的溫馨夜晚。

還有……我和喬喬不是很好嗎？我們一直都那麼好。

我們真有可能，因為一次的爭吵就老死不相往來嗎？

我不相信。正因為我懂她是個怎麼樣的女孩，所以我才更不能相信。

她明明很溫柔。

而且，我也是吧？

「薛初凡，你是不是說過我很溫柔？」

「對啊。」他的頭側躺在膝蓋上，目光蜿蜒，「妳很溫柔。」

我回以笑容，眼眶卻忽然又濕了。

「薛初凡，我發現啊……」

「嗯？」

我不知道為什麼要一直叫他的名字，可是，他的名字好像有力量一樣，在我心房加深了重量。

「我真的不喜歡現在的生活。」我說，而他靜靜地聽，「可是，我喜歡自己。」

是啊，我還喜歡自己呢。

在無法理解我的世界裡，我仍舊想辦法了解自己要的是什麼。不管是悲傷，還是快樂，我一直在千百種情緒中努力探索自己。

雖然不知道盡頭會是什麼，雖然不知道會不會終其一生，我都無法徹底貼近自己的心，但是……我還是想繼續喜歡自己。

「月見？」他看著我把眼淚擦乾。

「我已經沒事了。」

我沒說很多，但他看見我唇邊的微笑，就也沒有多問了。「那就好。」

薛初凡的確很不可思議。

他看似沒有幫我什麼，但所作所為都讓我更勇敢。我望向他，忽然想起喬喬喜歡他的事。

於是，我深吸口氣：「喂，你還記得開學那天發生的事嗎？」

「什麼？」

「就是，剛升上高中的那天。」

「那時候還不認識月見，所以我應該沒什麼印象。」以單純的神情說出這種欠揍的話，也只有他能辦到了。

我提醒，「你在公車上救了一個被變態騷擾的女生吧？」

注意到我認真的神色，他終於肯真正動動腦筋了。他擺出思忖的模樣，想了好一會兒，在我屏息等待的鄭重凝視下，才不慢不快地說：

「……原來我救的不是老爺爺喔？」

薛初凡，在正常情況下，老爺爺是不會被變態大叔騷擾的。

你的腦袋到底被誰弄丟了？

絲毫不在意我痛心疾首的表情，他笑了笑，又問：「突然問起那件事，怎麼了嗎？」

「你還記得那個女孩的樣子嗎？」

「可是，我一直以為我救的是老爺爺，怎麼可能知道什麼女孩子……」他看起來很委屈。

我拉住他的耳朵，瞪著眼說：「短頭髮、長得很可愛、話不多、溫柔安靜，這樣總該想起來了吧？」

聽完，他再度陷入沉思：「月見，妳確定是開學那天發生的事嗎？」

我的整顆心都被提了起來。難道他們之前就見過面？

看他那種不像在開玩笑的表情，我輕輕地點頭，想聽他說明詳情。迎著我期待的目光，他露出更迷惑的眼神：

「真的嗎？可是我們家隔壁的小珊在上幼稚園，還不會搭公車耶。」薛初凡困擾地歪著頭，「不對啊！小珊她會拿娃娃打狗，一點都不溫柔……咦？月見，妳的臉色怎麼那麼難看？生病了嗎？過來，我摸摸看額頭……」

說完，他的手還真的伸了過來。

「你這個大白癡！我不要跟你說話了！」

我站起來踹他一腳，便拂袖而去。不過，如果不追上來的話，他就不是薛初凡了。

「咦？怎麼突然生氣了，月見妳不要走啦！」

「不要跟著我！」

「別生氣，我以後吃草莓蛋糕都把草莓給妳，妳別生氣……」

「誰要那種東西啊！」

「什麼？妳不喜歡？好吧，那我天天送妳回家。」

那對他來說是獎勵吧！

「薛初凡！」我氣炸了，「你不要再胡說八道！你的腦子到底裝什麼啊？根本沒帶出來吧！我很認真地在問你，但你那是什麼回答？」

他忽然拉住我的手，把我扯進他眼前。我愣了下，看他的雙瞳近在咫尺，也看他的表情無比認真。

那一刻，我好像忘了很多事。我忘了自己喜歡誰，也忘了喬喬喜歡誰。唯一沒忘的，就只有薛初凡喜歡我這件事。

「我剛才也很認真地在提醒妳。」

「咦？」

「就算妳朋友喜歡我又怎樣？我心裡還是只有妳一個。月見，妳還不懂嗎？我一直以來都在做什麼，妳真的不懂？」

我怔忡一望，注視那張執著的、令人心疼的臉龐。面對這麼堅定的眼神，任何的敷衍都是一種背叛。

他什麼都明白了嗎？

那，刻意迴避這個問題的用意是？

「那天在保健室外面，我聽見妳們爭執的聲音了。」

「……都聽見了？」

「不，我沒聽到內容，但妳在保健室跟我講話的時候，我有看見她的表情，似乎很不高興。」他停頓了一下，又說：「後來，妳出去沒多久，我就聽見外面好像有人在吵架。」

「雖然覺得奇怪，不過我還是沒多問。直到今天我看見妳在夜市裡哭，哭得那麼傷心，又問我公車上的事……」他吐出一口氣：「我才發現原來那天我順手救的女生，就是妳那個朋友。雖然，名字我又忘了。」

「她叫喬喬。」我重申。

「啊，對，就是喬喬。」他拍了一下掌心。

我敢打賭，要是我沒提醒他，他可能又會說出「清清」或「恰恰」這類的名字。

「那你怎麼會知道她喜歡你？」

「猜的啊，從她的表情和行為看出來的。不然，她還能為了什麼跟妳吵架？」

「你還真是有自信。」我嘆息。

「那是因為，我想了解妳為什麼這麼難過。重視一個人的時候，再怎麼遲鈍的人都會變聰明。」

原來他也對自己的遲鈍有自知之明嗎？

「雖然，我很不想提到這件事，怕妳更難過，但是……」他瞄了我一眼，言語盡是拿我沒辦法的寵溺：「妳一直問，我也只好告訴妳了。」

我垂下眼簾，不自覺又惆悵了。為什麼即使是在這種時候，他還是陪在我身邊呢？連夜市都可以找到我，那還有什麼是他不會出現的地方？

這樣下去，我會不會愈來愈依賴他？

「……還沒問，為什麼你會找到我？」我沒看他。

「我和朋友約好了要來逛夜市。」他笑咪咪的，「後來，我們坐在攤位上吃牛排，我嫌免費的紅茶太難喝，就自願去買飲料了。」

「你跟別人一起來？」我驚呼，「那還不快回去！」

「隨便，又不會渴死他們，妳比較重要。」

即使他不是諂媚，我還是紅了臉頰。這傢伙幹嘛老是說一些讓人害羞的話？

我不說話，冷風又吹起。時間愈來愈晚了，應該要早點回去才對。只是……

「過來一點。」

我納悶地抬眼望去，看他迅速將自己的外套脫下，靠過來披在我身上。外套上殘留他的溫度，還有一種令人安心的氣息。不曉得，是因為羊毛外套特別溫暖，還是因為他在我身邊的關係？

「那你穿什麼啊？」

「我不用啦！雖然我很瘦，但我其實身強體壯，不容易感冒。」

可是，我覺得自己應該要為他做點什麼。就像他寧願自己冷，也想將溫暖帶給我一樣。

我也想……帶給別人溫暖。

「不管你瘦還是胖，都跟我一點關係也沒有。」

我不管他錯愕的神色，就上前抱住了他。感覺得出來，薛初凡是真的被我嚇到了，就連我也被自己的突兀舉動弄得進退兩難。

不過，我什麼也不管了。

「反正，我不希望你冷。」埋在他胸口的言語，他一定聽得見。

然後，他也緊緊地擁住我，語調輕柔，像是情人的呢喃：

「雖然一點關係也沒有，我還是覺得這麼用力抱著我的月見，很溫暖呢。」

在回去夜市的路上，我們有一搭沒一搭地交談。我困窘地盯著兩人的影子，再抬頭偷瞄他，發現那張秀氣的臉竟浮現難得一見的羞赧。

什麼？那種不要臉的傢伙竟然在害羞嗎！

「……月見。」

我嚇一跳，「怎麼了嗎？」

「我們先去跟我朋友會合，然後再送妳回家。」

「你剛才說過了啊！」

他不怎麼自在地搔搔頭髮，「……對喔。」

害得我也莫名緊張了起來。

我們緘默不語，在斑馬線前等待紅燈轉綠，一會兒看向來往的車陣，一會兒又盯著大笑的小女孩，就是不去看彼此的臉。

綠燈了，我正要走，後方的薛初凡卻一把拉住我。

「等下一個綠燈吧。」

「什麼？」

他不理會我納悶的表情，逕自問下去：「妳為什麼……要抱我？」

這、這是什麼問題啦！他真的是鋼鐵直男吧？這種事怎麼能問啊！

我整個人傻在原地，雙頰不受控制地紅了。

「到底為什麼？」他的神色嚴肅。

「還、還需要為什麼嗎？我怕你會冷，這樣而已。」

不滿意我的回答，他又問：「要是其他男生覺得冷，妳也會這樣抱他嗎？」

「不會！」

回答這麼快，連我都嚇了一跳。我不好意思地看看天空又看看他，直到他露出很賊的笑，我才氣惱地踹了他一腳。

「拜託你不要那樣笑！」

「哈，忍不住嘛！一想到我對月見來說是特別的，就好開心啊。」

「你以為我很隨便嗎？我當然不會亂抱男生！」雖然我的確這麼做了。

終於等到下一個綠燈亮起，我扯住他的手腕前進。我們走進人潮漸多的夜市，感覺自己被層層包圍。

不過，薛初凡的手反過來握住我，不想讓我有走散的機會。沒有人告訴我異性朋友到底可不可以牽手，不過，看在他的手很溫暖的份上，我就當作「可以」吧！

「啊，好像在作夢。」走到稍微空曠的地方，他出聲一笑。

「完全聽不懂。」

「就是妳抱我啊！雖然是剛剛才發生的事，還是覺得像在作夢。」

又提起那件事！

「在學校，不准你拿這件事來宣傳。」只好先警告他。

「咦？不行嗎……」他垮下臉。

他幹嘛一副很失望的樣子？

「當然不行！」

「什麼不行啊？」

突然，一個陌生的聲音闖進我們之間，我還來不及回神，就撞見一群穿著輕便的少年。咦？其中幾個有點眼熟耶！

「靠，你們吃完了喔？幹嘛不等我一下！」薛初凡抗議。

「等你？都要餓死了還等！」那群傢伙大聲埋怨：「說要去買飲料，結果是去找女朋友！居然消失三十幾分鐘，害我們以為你被哪個變態綁架了。」

那個，我不是他女朋友……

不過薛初凡倒是很有可能被有戀童癖的變態大姐姐綁走。

「喂，你是在騷擾她嗎？不然她怎麼說不行？還是說，你是哪裡不行……」另一人變態地笑了起來。

「幹，誰不行啊？你才不行！」薛初凡上前揍了那人一拳。

啥？不行？什麼不行？

怎麼好像有什麼在我腦子裡浮現……

他一臉嚴肅，「聽好了，我是因為我想說出她抱——」

我搶在那個白癡說出來之前，摀住他的嘴。

「抱？」他的朋友一臉狐疑。

「抱……打、打爆他的頭啦！」我笑得很尷尬。

靠，我接得超爛。

沒想到他們信了：「妳看起來很有氣質耶，真的會打灶腳？」

「她哪裡有氣質？熟了就沒氣質了……」薛初凡掙脫我的控制，喃喃嘟囔。

「有這樣的女朋友還嫌！死灶腳，你也不想想我家那個，又矮又凶，看我和別的女生講話還會揍我。」其中一個男生低聲埋怨。

「月見就不會吃我的醋，也不會揍我。」薛初凡睨了我一眼。

那麼想被揍？好啊，我成全你！

他朋友沒聽見薛初凡的抱怨，只問他還要不要逛，他們還想去玩飛鏢。

薛初凡拒絕了，「抱歉，我要送她回家，下次再陪你們去逛吧。」

他們也不意外，跟我說了聲「小心灶腳」後，就結群走了。

「喂，你記得要跟他們解釋清楚。」

「解釋什麼？」

我凝視他困惑的雙眼，聲明：「我不是你女朋友啦！」

「其實我有說過，但他們又不相信。」

你一直動手動腳，鬼才會相信！

「不過，不能讓他們就這麼誤會下去嗎？」

「當然不行啊！」瞪住他滿懷期待的面容一眼，我嚴辭拒絕：「要是被認識我的人聽到怎麼辦？」

比如鄭豫凱，還有鄭豫凱。

「什麼嘛！妳果然還是在意那傢伙。」

「他有名字，你不要老是記不住別人的名字。」

「我記得啊！不是叫陳豫凱？」

「他姓鄭！」我出手打他一拳。

他委屈地揉揉手臂，「隨便啦，叫什麼不都一樣。」

才不一樣！叫你薛白癡會一樣嗎？

……好像差不多。

公車終於來了，我們一前一後地走上車。我找個靠窗的位置，薛初凡理所當然地坐在我旁邊。剛開始，他還纏著我說東說西，吵得我差點想跳車。不過，後來他安靜了，害我不是很習慣。

「其實我自己回去也可以，我家離下車的地方不遠。」對沉默有點不自在，我輕輕地開口。

「妳就不用跟我爭了，既然答應，就要送妳回去啊！」他態度堅持。

「現在都這麼晚了……」

我想說服他，但一觸見那抹興味的笑意，又放棄了。

「……讓我陪在妳身邊。」

他出聲，我訝異地注視他認真的臉龐。

「今天在夜市遇見妳是個意外，但我還是很珍惜這個意外。說真的，能在妳最無助的時候出現，是我連作夢都想不到的事情。所以，我現在也想一直陪著妳，直到把妳安全送回家。這點小要求，妳不會不答應我吧？」

他的聲音，在那條寂寞的道路上，為我帶來了一點光亮。我不該期待太多，以免遺忘自己所在的界線。

他不會永遠在那個位置的。

「如果是那樣，就照你的意思吧。」我將視線收回，轉向窗外閃逝的風景。

然而，為的是看風景，還是想閃避他的目光，最後我已經分不清楚了。

薛初凡：別討厭自己，因為我那麼地喜歡妳。如果妳還要繼續討厭，我只能說妳眼光不好了。

章之七 一點點

改變從來都需要勇氣。

可是，為了自己鼓起勇氣……我認為才是最勇敢的事。

空閒時，班導又把我叫去辦公室，說要幫她處理一些事。她替我向體育老師請假，利用這節輕鬆的課，來幫她分擔繁忙的工作。

雖然，我一方面覺得不能看鄭豫凱打球有點可惜，但另一方面又覺得鬆了一口氣，因為我還沒做好面對喬喬的心理準備。

下課鐘響時，儘管有些部分還沒有完成，她還是叫我先回教室。

踏出辦公室，我朝人來人往的走廊看了幾眼，心頭不時浮現喬喬的模樣。現在回去，看到她要不要打招呼？如果她不領情怎麼辦？

我忐忑不安，走了一會兒終於到教室。

不過，當我走進教室，該面對的問題沒出現，不該出現的倒是莫名其妙地發生了。

我的座位是怎麼回事？

我愣在門口，往不遠處的座位端詳，原本放得整齊的書包被翻得凌亂不堪，抽屜的物品更是散落一地。

「終於回來了啊？」

一個聲音接著響起，我一轉眼，便對上林姵媛不懷善意的目光。

「林姵媛，那是妳弄的嗎？」

「是我又怎樣？」沒想到她一臉理所當然，「也不想想看妳做了什麼！」

「妳說什麼？」

「別再裝傻了好不好？除了妳之外還有誰會做這種事！」

我還是不懂她在說什麼，所有同學都在看我們，包括喬喬。她沒有表情，注視我們的眼光淡漠無比。即使早就預料到，我還是在心裡跌了那麼一下。

這時，林姵媛的小跟班插了嘴：「妳把東西藏到哪了？」

「什麼東西？」我皺眉。

「她們說，妳偷了姵媛的兩千元。」有個女生出聲告訴我。

兩千元？我沒事偷她兩千元幹嘛？

意識到自己被栽贓，我馬上瞪她：「妳憑什麼說是我偷的？話可以這樣亂說嗎？妳有證據嗎？」

「大家都在操場跑步，只有妳不見人影！上一節課我的錢還在，剛才一回來就不見了，不是妳偷的那是誰？」

「妳錢包裡面有多少有人知道嗎？根本就是妳亂栽贓的！」

我憤怒地瞪視她的臉，但她也不甘示弱：

「藉口！不然妳剛才去哪裡？」

「我去辦公室幫班導處理事情，這種事也要跟妳報備嗎？」

「幫班導，每次都說幫班導，誰知道妳是不是先回來偷錢才去辦公室的？這裡有誰幫妳作證嗎？」

聽見這話，我就愣住了。我的確有先回來教室拿膠帶，班導說要用的。要是真的有人看到，那我不是百口莫辯了嗎？

我下意識地環顧周遭，看戲的人很多，就連平常會站出來替我講話的喬喬也在看。她知道我不是那種人，她知道！但我又能怎麼辦？她已經不再把我當朋友看待了，孤立無援的我，又要怎麼辦……

「心虛了啊？快點把錢交出來！小偷！」林姵媛身旁的女生凶惡叫道。

「我說沒有拿就是沒有！誰知道妳們是不是看我不爽才亂說！」

這時，有個男生插話了，語氣沒有很惡劣，但也不是站在我這邊的：「唐月見，妳剛才的確不在操場，林姵媛會這樣說妳也有她的原因。妳要不要再解釋清楚一點？比如說，妳剛才都在哪裡做什麼？」

「但是，我的確沒有拿啊！就算我說沒有，你們也不會相信啊！」

他們愣了一下，而我望著這些無動於衷的人，愈來愈憤怒、委屈。

「從以前到現在都是這樣！不管我說什麼，你們從來不聽我的解釋，只聽這個女人的！在這種情況下，無論我說什麼都不會被相信！那我又要解釋什麼？你們會聽嗎？既然不會的話，就不要在那邊說幹話！」

我完全失控了，胸口狠狠悶住，全身上下蔓延難受的痛楚。

班上的人啞口無言，似乎是沒想到我會這麼直接地點出事實。那些對我成見很深的同學，也吞下想附和林姵媛的話，一起緘默了。

但林姵媛可不會善罷甘休，她再次砲轟：「不要以為說這種話就能脫罪！妳會變成這種樣子也不想想自己做了什麼？大家會無緣無故討厭妳嗎？分明就是妳做了那些骯髒的事！」

「什麼骯髒的事？那都是妳——」

「妳們在吵什麼？」

一個不屬於我們的聲音突然闖入，我轉頭，鄭豫凱就站在我身後，一臉嚴肅。

「她在體育課偷了我的兩千元，死不承認，還說我栽贓。」林姵媛搶先回話。

我馬上反駁，「我沒有偷！」

「有沒有不是妳說了算的。」她瞪我。

「林姵媛……」鄭豫凱說話了，「就算剛才她真的不在操場，妳也不能這麼說。」

原來鄭豫凱有注意到我沒上體育課嗎？我還以為他根本不會介意我的存在……

「但，她不在是事實，時間點這麼巧你不覺得很可疑？」

「沒有證據之前，不能一口咬定。」

看見對方的態度，林姵媛更生氣了，她衝出一句：「你該不會是想袒護她吧！不要以為大家都沒看見，你最近對她的態度是怎麼回事？你忘記你已經有校花女友了嗎？」

「喂！林姵媛，妳亂說什麼啊？」跟在鄭豫凱後面的朋友站出來了。

「我說的是事實！」

「事實個屁！校花根本就不是他女友，妳罵人也先求證一下好不好？妳那張嘴怎麼這麼臭啊！」

咦？不、不是他女友？

我愣住了，林姵媛也是。但鄭豫凱沒多大反應，只繼續說：「妳確定妳真的不是純粹看唐月見不爽？」

「什、什麼？」她氣結。

鄭豫凱前進一步，語氣嚴厲：「每次她有什麼不好的傳聞都是妳先說的，既然妳那麼不屑她的行為，又為什麼要一直注意她？我看，有很多事都是妳無中生有的，對吧？」

我不知道該說什麼了，鄭豫凱說中我心坎的委屈。我，從來沒想過能等到他為我出頭的一天。

林姵媛看樣子是真的被氣壞了。這時候，情勢開始逆轉。周圍的人開始認同鄭豫凱的話，有幾個人站出來說：

「妳要不要再檢查錢包？說不定是妳自己花掉了。」

「隨口咬定是她偷的也不太好，還是去找老師求證吧。」

「再怎麼樣也不該扯到鄭豫凱身上，妳會不會扯太遠？」

面對接二連三的討伐聲，林姵媛也不說話了，她狠狠地瞪我一眼，便拉著旁邊的好姊妹奪門而出。

鬧劇終於落幕。

我尷尬地抓住自己的衣角。等人群散去後，我猶豫再三，還是朝鄭豫凱走過去：

「謝謝你。」

鄭豫凱沒有太多表情，只是點了下頭。

「不用道謝，妳已經說過太多次了。沒有證據就說是妳做的，是林姵媛的錯，妳沒有必要挨罵。」

我愣了一下。的確，我到底向他道謝過幾次呢？我總是受他的幫助，尤其是在被全班誤會的時候。

我突然想問清楚。

「……所以，你相信我嗎？」

他沒有立即回答，逕自走向我的座位，開始幫我收拾散亂的書包。

我嚇了一跳，連忙跟上去，「我來就好了……」

他還是沒回應，我索性和他一起收拾。

「雖然我不了解妳，不過……」

聽見他的話，我停下動作。

鄭豫凱將我的抽屜整理好，清淡地說：「會幫口渴的同學買水的妳，怎麼看都不像會做那些事的人。」

一股暖流竄過心頭，我的臉瞬間紅了。那種想為他做點什麼的念頭，他沒有忘記。

後來，我目送鄭豫凱回去座位，自己也跟著安分地坐下。下意識地，我往喬喬的位置看過去，發現她也正在看我，臉上有種被逮到的難堪。她迅速回頭，迴避我們交接的目光。

總覺得……

總覺得，她應該還是在乎我的吧！

友情的碎片還在，只要找回，就有機會拼湊回來。

一定是這樣的。

雖然這是個難解的結，但，我深信不疑。

自從那天後，林姵媛愈來愈喜歡找我的碴。不過，除了她之外，其他人都沒再找我麻煩。雖然，他們還是把我當空氣，但至少我的感受好多了。

「唐月見，妳幹嘛把垃圾丟到我座位旁邊！」

又來了。

我經過林姵媛旁邊時，她指著地下那坨莫名其妙多出來的垃圾。我愣一下，望向她的臉。說真的，她長得還比較像垃圾。

她當然不知道我內心想什麼，繼續在接下來的日子裡，天天銃康我。

「唐月見，妳的考卷。」

某天，林姵媛還我考卷，上面被她用紅筆畫得亂七八糟，其中有隻豬的圖長得很像她。

「唐月見，班導找妳啦！」

後來，我去了半個人也沒有的辦公室，才知道林姵媛是騙我的。

「唐月見，薛初凡說他很討厭妳，叫妳不要再找他。」

誰知道下一節課，薛初凡就帶著一盒巧克力來找我，說是他熬夜做出來的成品（雖然我在便利商店看到一模一樣的），叫我一定要吃掉。

林姵媛每天都來煩我，或許是因為那天的「兩千元事件」害她被當眾羞辱的關係。

我無所謂，畢竟我真的沒有錯……除了有點煩以外。

「她真的一直找妳麻煩啊？」

中午用餐時間，薛初凡又出現在教室外面，邊吃便當邊和我閒聊。

「嗯，但其他人都沒有，他們好像已經沒那麼討厭我了。」我往教室裡瞅了一眼，雖然還是有人在偷瞄我們，但沒有厭惡的目光。

「他們終於知道妳不是那種人了！」他滿臉笑意，「我相信再過一陣子，你們班會開始撻伐林姵芳。」

「誰是林姵芳？」

「啊……她不是叫這名字喔？」

我很無言，「算了，你沒有必要記得她的名字。」

我已經對薛初凡那顆不會記名字的腦袋感到絕望了。

不過，我也要感謝薛初凡吧。如果不是他給我勇氣，我怎麼敢在孤立無援的情況下對全班提出質疑？如果我沒有那樣做，鄭豫凱也不會注意到我這裡有狀況。

這一切，可能都是受了他的影響呢。

薛初凡吃飯的速度很快，不一會兒，他就把便當解決完畢。反倒是我，現在還吃不到一半。

我順手接過他吃完的空盒，幫他拿進教室裡丟。之後，我走向還在外頭的薛初凡，才走到一半就被攔下來。

那個攔住我的男生沒有馬上說話，往教室外張望了一下，才開口：

「他最近一直來找妳。」

這是個沒有惡意的聲調，於是我回答：「嗯，他很閒的樣子。」

其實一點也不閒，聽說，薛初凡是班聯會會長，學校一堆有的沒有的活動都歸他辦。

「他應該喜歡妳吧！」他一臉八卦地說。

「呃……」我不知道怎麼回答，有點尷尬。

「別驚訝，全班的人都這樣認為啦。」那人繼續說：「有很多女生很羡幕妳耶，說妳就是那個幸運的女孩子。」

「幸運？」

「妳不知道嗎？薛初凡在我們學校很有名，他長得帥、籃球又打得好，有很多女生暗戀他。不過，從沒聽說過他喜歡誰。」

老實說，在誤打誤撞地認識薛初凡之後，我才知道他在學校很出名。

男同學沒打算放過我，又繼續問：「薛初凡有沒有跟妳告白啊？還是，妳有其他喜歡的人了？」

呃，先生，我們又不熟，你這樣是有事嗎？

「啊，我們班的鄭豫凱也很帥，妳不是跟他有交情嗎？妳覺得他如何？」

「什、什麼……」

我一個字都說不出來。他搞得我好混亂，而且，我也不想跟他說我的秘密啊！

他摸摸下巴，似乎又要開始長篇大論，就在這時，門外的薛初凡揚聲拯救了我：

「月見！妳好慢喔，出來啦。」

很多人同時看向薛初凡，也觸見他稍稍流露的慍色。不過，大家應該都知道他不是在對我生氣，而是……

「不好意思，妳快出去吧！」男同學識相地乾笑數聲。之後，他意外地在我耳邊說：「對了，我發現妳挺好相處的，以前可能是我誤會妳了……」

「誤會？」

我想追問，但那人走得很快，一下子就消失在我眼前。

一隻手在這時抓住了我的手腕，我回神，發現薛初凡那傢伙居然直接進了我們班的教室！

「喂！你幹嘛進來啊？」我嚇一跳。

「跟妳說話都不理我，我只好進來抓妳。」他不顧眾人吃驚的樣子，就這麼把我拖出去。

奇怪，他在吃醋嗎？

「你還真像小孩子……」

「小孩子？我只是怕妳被變態拐走！」

「……你才比較像變態吧？」

「啥？我不是變態！我又沒對妳做……嗯？好像有？」

看他陷入思考的樣子，我忽然又想報警了。

「唉，你別吵了啦！也不是有很多人想跟我講話啊。」我可是邊緣人耶。

「哪有，最近變多了吧，不要以為我沒看見。」

「看見又怎樣？」我瞪他。

他不服氣，在我耳邊鬧了好一會兒，直到打鐘才肯停止。要是他繼續吵的話，我可能會一巴掌打下去。

「對了，妳朋友呢？」

聽到這句話，我連忙朝教室看了一眼，以為從剛才就不在教室的喬喬已經回來了。但是，並沒有，她的位置還是空的。

現在的我，連她的去向都不清楚。

「妳們還好嗎？」

我才明白原來他要問的是這個，「你也看到了，我連她在哪裡都不知道。」

「真的完全吵翻了啊？」他落寞。

我拉過他的手，讓他的目光準確地對上我的：「跟她吵架又不是你的錯，你沒必要這樣。」

「可是……」他還想說更多。

「沒關係，等她冷靜下來，我會試著跟她和好的。」

以前的我可能永遠也不敢，但，幸好鄭豫凱給過我勇氣。

「喂，月見。」

「嗯？」

他湊近我，放大的臉看起來有點不爽，「妳是不是想到他了？」

「呃？你、你怎麼知道……」

他退了開來，悶聲說：「我說過，重視一個人的時候，再遲鈍都會變聰明。」

看他那麼不高興，我莫名有點心虛。「那個……我之所以會想起他，是因為他建議我找喬喬談一談啦。」

他愣了下，看了我很久。後來，才吐出一口氣，有點不甘心地說：「唉，是我的錯。」

「啊？」

「我不小心讓妳們兩個吵架，而且也沒有幫上任何忙。唉，妳會想起他也是理所當然。」

他嘆了兩次氣，好像真的很挫敗。我不知道為什麼急了，抓住他的手臂說：「才不是沒幫上任何忙！你不是叫我要喜歡自己嗎？正因為這樣，我才想為『我』的友情做些什麼啊！為了自己真正的心情努力，這不是你教我的嗎？」

「是嗎？」薛初凡輕輕笑了，「我忘了，不過，謝謝妳放在心上。」

哼，他才沒忘呢。

這時，遠方傳來哨聲，我這才想起已經午休了。我連忙催薛初凡回去，但他露出比流浪狗還可憐的表情，好像我拋棄他一樣。

我可是為他好耶，午休鐘聲已經響了，校巡再過不久就會出現，要是他被登記就麻煩了。

薛初凡可憐兮兮地朝我揮手，還故意走得很慢，意圖讓我挽留他。

「快回去啦！」我瞪他。

「同學回座位上睡覺，不要再走動了。」風紀站在講台上，對門外的我喊一聲。

我點點頭，在進教室前又回頭看了薛初凡一眼。沒想到，他竟然在走廊上停了下來，面前還站了一男一女，像是在交談。

我好奇看看，發現那對男女居然是鄭豫凱和校花！

對了，不是有人說校花不是他女友嗎？這件事，我好像也沒求證過……

「嘿！薛初凡，我聽說你好久了耶！」校花明亮的聲音傳進我耳裡，我忍不住往前走，想聽清楚他們在說什麼。

「嗯？」薛初凡看起來漫不經心。

「也、也沒事啦！」沒料到對方會是這種反應，校花笑得有點尷尬，「意外看見你，想打個招呼而已，你……知道我是誰嗎？」

但薛初凡的認人功力一直都有待商榷，不會因為對象是美女就有所改變。

「咦，妳不就是那個……」他歪頭思考，在校花期盼的眼神中，回了一個讓她臉色轉綠的答案：「啊，我想起來了！好像是主任的女兒對不對？妳很常來學校嘛！」

我覺得，薛初凡能準確地告訴我她是校花的那天，一定是個天大的意外。

校花的表情像是晴天霹靂，「不、不是啦，主任的女兒才國中而已。我是沈嘉靜，你知道我嗎？」

她想說的應該是「你怎麼可能不知道我」才對吧。

「喔，妳好像不是我們班的。」薛初凡一臉茫然，好像不明白為什麼不同班的女生自己必須知道。

校花還想說更多，但鄭豫凱終於出聲了：

「小靜，已經午休了，我送妳回教室吧。」

「可是……」她不太願意。

「如果沒事的話我先回去了喔……咦？你不是那個姓鄭的嗎！」薛初凡驚呼。

「你知道我？」鄭豫凱皺眉。

「我當然知道！你這個鄭什麼的……煩死了，你到底叫什麼名字？」他看起來很激動，但想不出名字的他又陷入了苦惱。

「你是因為唐月見才知道我的嗎？」他忽然問。

我被這麼一點名，差點沒嚇死。奇怪，為什麼鄭豫凱會這樣問？

「豫凱，你們在說什麼？」校花搞不清楚狀況。

他看了她一眼，「沒事。」

「看起來一點也不像沒事啊！唐月見是誰？」

「……啊，月見？」

這時，薛初凡終於注意到一直站在不遠處的我。我窘迫地迎上三道目光，真的櫓了。

我隨便找個理由：「呃……風紀叫我出來請你快點回教室午休。」

鄭豫凱點了點頭，就轉頭對校花說：「校巡快來了，小靜妳快回去。」

小靜？他叫得這麼親密，真的不是女友嗎？

不過，我現在也不想搞清楚這件事，我只擔心我們會被校巡登記啦！

我連忙抓住薛初凡的手，「你從這裡的樓梯下去，再繞去你們班。」

「喔，好。」

「薛、薛初凡，你哪一班的？我跟你一起走。」校花居然還追了過來。

我轉頭看她，還在慌亂的時候，鄭豫凱竟也抓住我的手。

「唐月見，我們也快點回教室吧。」

我愣了一下，才說：「好……」

「喂！那個鄭什麼的！你不要趁機亂摸她，哇啊——」

薛初凡還想對我們大喊，但校花一把將他拉走，瞬間消失在我們眼前。

我瞪大眼。

那個女人怎麼可以隨便對不熟的男生出手！也、也太……厲害了吧。

這就是避免當一輩子單身狗的秘訣嗎？

「……唐月見，妳那是什麼表情？」

「呃，沒事。」糟糕，不小心太過崇拜。

他拉了拉我，「快走吧，校巡真的來了。」

鄭豫凱沒留給我錯愕的時間，直直往教室走。不過，校巡已經在登記完別班之後轉向我們了，於是他抓著我繞進樓梯間，沒有被他們看見。

「校巡應該沒看見我們。」鄭豫凱小聲說。

我點點頭，說不出話來。和他單獨相處，好像還是有點不習慣。

「等一下吧，等他們走。」

「……好。」

我低下頭，心裡不是很舒服。真要說是什麼原因，我想應該是……

「對了，妳好像不知道我和小靜的事。」

我愣一下，「啊？」

他看著我，似乎有些不自在，「就是……那天，我朋友說她不是我女友的時候，妳的表情很驚訝。」

咦？這、這樣也被他發現？

我忽然覺得自己真的很丟臉。搞不好，他也早就知道我喜歡他，只是不講而已。

「妳什麼都不問嗎？」他忽然說。

我不知道要擺出什麼表情。而且，他的態度也很奇怪。有種預感，在我的腦子裡盤旋不去。不會吧，難道鄭豫凱他……

「算了，就算妳不問，我應該也要告訴妳。」他別開臉，聲音變得更沉，「小靜是我的親表妹。」

「表、表妹？」我驚呼。

「嗯，只是她從來不叫我哥哥而已，也很黏我。」他呼出一口氣，「妳是不是也誤會了？」

說、說是這麼說啦，可是，他幹嘛跟我講這個？

我盯著他，一臉迷惑。有很多事我還沒想通，卻已經感受到空氣中瀰漫的異樣情緒。

鄭豫凱也看著我，我才發現，他還握著我的手臂，沒有放開。這是他第一次碰我的手，我應該要對那渴望已久的掌心留戀的，但，只要一想到剛才……

校花緊緊地握著薛初凡的手。

我皺了眉，心神不定。

我有點不高興，只有一點點而已。

薛初凡：哼，一點點又怎樣。就算那傢伙只碰月見一點點，我還是要報警抓他啦！

章之八　總會有一天

妳正在努力，在乎妳的人總會知道。

今天不行，那就等待明天。總會有一天，我們都能夠被世界溫柔以待。

「月見，聽說妳作文比賽得了第一名？」

聽到這句叫喊，我放下書包的動作遲疑了。她，為什麼會知道呢？我沒有向她提起任何有關作文的事啊！

我轉向從後頭走來的姑姑。「妳從哪裡聽說的？」

「呵，妳的班導打來告訴我啊！要是她沒說，我也不知道這件事。真的恭喜妳了。」

「那也不是……」

什麼大不了的事。

我一點也不想讓姑姑知道這件事。因為那篇作文裡，寫的是身旁沒有爸媽的寂寞，要是她看到一定會傷心吧！

看著姑姑近日來消瘦的側臉，我突然後悔自己寫了那篇作文。

「題目是什麼啊？」

我不去看她的眼睛，假裝在整理書包，「我有點忘記了，都幾個月前的事了。」

「稿紙沒有發回來嗎？」

「……沒有。」其實貼在學校穿堂啦。

她相信了，直說好可惜。

我是不是該去拜託班導別告訴姑姑呢？

想起姑姑在廚房忙碌的身影，我的心臟像是被掐住了一樣。面對這麼照顧我、百忙之中還抽空回家下廚的她，說謊讓我很沉重。

隔天，我走向班導的辦公室，卻在門口停了下來。

要是班導問起，我該回答什麼？我似乎沒仔細想過說詞，一下課就跑到這裡來了。到底該怎麼辦呢……

在原地躊躇一會兒，我看向隔壁棟樓層，終於做出一個決定。

老實說，現在的情況，比我剛才待在辦公室門口還讓人進退兩難。

薛初凡他們班的教室就在樓梯旁邊。我不知道自己到底要不要走過去，不是因為害怕看到那傢伙，也絕對不是害羞，只是……

那個女生到底是誰啊？

我瞪著那個長髮女生。她的嬌小個子和薛初凡站在一起，就像是一對情侶。他們相談甚歡，好像根本沒發現我的存在。

這是什麼意思？聊天就聊天，薛初凡有必要笑成那樣嗎？我看他們直接抱在一起算了！

她和薛初凡同班嗎？還是跟我一樣從別班來找他？他們放學之後，該不會要去約會吧！

直到她的後腦杓快被我瞪穿一個洞，她才在我快要燒出地獄之火的目光中離開薛初凡身邊。下樓梯之前，她還回頭對他甜甜笑了一下。

笑！笑什麼笑！

我肯定是被雷打到了，表情也不是很好看。等薛初凡終於注意到我，還被我的後母臉嚇了一跳。

哼，抓包了吧，我說：「沒想到你會認識那種可愛的女生嘛。」

好吧，我承認我的語氣有點酸。

「嗯？妳說那顆籃球？」

「啊？籃球？」他又在說啥？

他點一下頭，「對啊！那人是籃球社經理，問我要不要加入。我拒絕了，但她說有空還是可以去社團找人切磋。我覺得不錯，畢竟我們班上也沒幾個能打的。」

呃，他的意思是……因為那女生問他籃球社的事，所以她在他眼裡就成了一顆籃球？

「……你還記得她長相嗎？」

他歪頭，「不就是一顆籃球嗎？」

好吧，我開始有點同情她了。

我突然好奇，「喂，該不會所有人在你眼中都是某種物品吧？」

「當然不是啊。」他義正詞嚴：「月見就是月見，我可是把妳的臉記得一清二楚！作夢也會夢到，吃月餅的時候也會想到！」

月、月餅……

我忍住怒火，又問：「那鄭豫凱呢？」

「變態。」

「哈？」我傻眼，「那……校花？」

「禁止通行。」

「喬喬？」

「嗯……小紅帽恰恰？」

恰你妹！

「唉，那林姵媛呢？」

「大概是那樣吧。」他抬頭，我也跟著往上看。喔，好像看見了一包太白粉。了解他的腦迴路後，他小心翼翼地觀察我的表情，才問：「月見妳吃醋喔？」

「才沒有！」我馬上否認。

「呵呵，不用害羞嘛！我要是看到妳和蔡豫凱講話也會吃醋啊，我不會笑妳，所以妳不用藏起來。」

蔡豫凱到底是誰啦！

我別過頭，「我沒有吃醋，也沒有害羞，你愛和哪個女生講話都不干我的事。」

「可是妳的表情很糟糕耶，像踩到狗屎。」

我要是有踩到什麼也不用他管！

「……隨便。」再跟他爭下去我會精神分裂。

「好，我會記住不要在月見面前跟其他女生說話。」他說。

「……」

「不過，月見妳是來找我的對不對？」無視我難看的臉色，他笑得像陽光。

就像剛才面對那個女孩的笑臉。

我突然覺得不高興，脫口而出：「才不是來找你的。」

下一秒，陽光從他臉上褪去，轉而變成失望的陰雨：「不然呢？」

我不知道該說什麼。來這裡當然是來找他的，我也沒認識其他同學，不找他還能找誰？但我就是不想承認，因為我不想跟那個女孩分享同一個笑容。

明明那傢伙只是朋友，為什麼我還這麼在意？

「怎麼不說話？」他疑惑，摸摸我的頭，「心情不好嗎？」

「沒事啦！」

他看我不想講，就沒繼續問。他的目光直視我，不一會兒就藏不住笑意。

「剛才沒有馬上去找妳，是因為那女生攔住我，不過我沒想到妳會來找我耶！我好高興喔。」他邊笑邊把我抱了個滿懷。

喂！說話就說話，沒必要動手動腳吧？

感覺到有很多人在看，我連忙推他：「你不要亂來啦！」

「我哪有亂來？」

「還說沒有！」

才剛說完，他又靠過來想抱我，我們在教室旁邊拉拉扯扯，像在打太極拳。後來，他們班突然走出一堆人，一副想湊熱鬧的樣子：

「唷，女朋友？」

我看見有人扒著便當這麼問，看起來一點也不討喜。

「對……啊！不是。」薛初凡晃晃被我踩過的腳。

「咦？灶腳喜歡的那個女生！」有人認出我，大聲叫嚷。

這一聲可不妙，所有雌性動物都轉過來看我，像是被鬼嚇到。

是怎樣？我承認我是比他普通很多啦，但也沒必要這麼驚訝吧！

「就是她。」

我在毫無防備的情況下又被他搭住肩膀。眾人這下更驚奇了，七嘴八舌地詢問認識的經過。

我一點都不想久待，覺得自己像是被遊客觀賞的動物！

於是我用力掙脫他的懷抱，衝向旁邊的樓梯。沒多久，就聽見他追過來的腳步聲。我也沒有再跑，因為我根本跑不贏他。

「月見，妳怎麼突然跑走？」

我回頭，「我才不要在那邊被別人談論，你太顯眼了。」

「……這是稱讚嗎？」

「才不是。」

他忽然認真起來，「如果妳是因為我太顯眼才不喜歡我的話，我可以為妳變得平凡一點。」

「說什麼啊？你這麼優秀還想變平凡，重新投胎比較快。」說完，我開始後悔了，萬一他真的跑去自殺怎麼辦？

顯然他也很愛惜生命，「沒問題的！我可以去國外整成生化人。」

嗯？國外有負責整腦袋的醫生嗎？

「算了，你不用做到這種地步，我又沒說不喜歡你……」

「什麼？那妳喜歡我？真的嗎？」他突然握緊我的手，嘴角都快裂到太陽穴。

「我不是那個意思！」我連忙澄清，「我對你是朋友的喜歡。」

薛初凡也沒有很失望，可能他也知道吧。

「妳還喜歡鄭豫凱嗎？」他這次終於說出正確名字。

我遲疑了一下，才倉皇點頭：「當、當然。」

就算感覺變淡，我也不可能立即喜歡上薛初凡啊！

「喔……」他點頭，沒什麼反應。

我覺得很不自在，於是和他說我要走了。現在是午餐時間，我可是連便當也沒帶就跑過來了！雖然也不是太餓，但還是不要在這裡逗留比較好。

「等等！」他叫住我。

八成又是無聊的藉口，我回頭看他。

「我有話要跟妳說。」他的神情鄭重。

「我告訴你，就算你再告白一次我也不會改變我的回答。」我事先聲明。

「告白？我每天都在告白啊，現在當然不是要告白。」

他也知道自己講話很肉麻嗎？

「那不然？」

「那個禁止通行啊……」

喔，校花嗎？

「我忘記她的名字了，反正妳知道是誰就好。她最近一直來找我，而且還拐彎抹角問我要不要出去約會，在路上看到我的時候會像口香糖一樣黏過來。」

那又怎樣？他是在炫耀自己的女人緣很好嗎？

他觀察我的表情，「咦，妳怎麼沒有吃醋啊。」

「誰會吃你的醋！」我瞪他。

他呵呵笑，又說：「其實，我覺得那個女生好像在倒追我。」

「那、那又怎樣？」

「沒事啊，她不是那個誰的女友嗎？我只是跟妳講一下而已。」

「……你是說鄭豫凱？」我這才想起我好像沒告訴過他，「不是啦！校花是他的表妹，之前我們都誤會了。」

他愣了下：「表妹啊……看來我要擔心了。」

「啊？」

他連忙轉移話題：「啊，對了，她通常都挑中午來，所以我們還是走遠一點吧。」

我的手再次被他牽住，力道並不大，卻也讓我無法掙脫。我們下了樓梯，從另一個方向繞過去，最後來到我們班的教室。

不同的是，這次我看見喬喬了。

以往，她總是在中午的時候消失無蹤，似乎是在躲我。

「喬喬在教室。」

我望得出神，身旁的薛初凡也跟著看：

「果然出現了，怎麼樣，要不要去找她說話？」

「她不會理我。」我低下頭。

「可是，妳不是說會找機會和她和好嗎？我覺得……她應該也在等妳。」

她在等我嗎？

或許是吧。但，雖然已經告訴過自己要勇敢，真要去做的時候還是不容易呢。

薛初凡靠近我，在我耳邊說：「去吧，說不定今天會不同。」

說不定今天會不同。

也對。假如今天還是不行，那就明天吧！總有一天，她會接納我的。

我被他說服了，笨拙地走進教室。她似乎看到我了，吃飯的速度變得很慢。

「嗨……喬喬。」

一句平凡無奇的開場白，卻耗費我所有勇氣。

她沒有應聲，抬頭看了我一眼。

可是，再來呢？我回頭看看窗外的薛初凡，他給我一個很輕的微笑，像是要我繼續努力。

「最近中午妳都跑去哪裡吃飯？」

「……我都去福利社那邊吃。」

也對，中午沒在教室的話，唯一的可能就是到福利社去了。

我觀察她的眉眼，沉重靜謐，像是有什麼哀愁，輕輕在她眉間落下、堆積。

妳還好嗎？

還好嗎？

「妳跟他還好嗎？」她突然出聲。

我愣住，「薛、薛初凡？」

「對。」

「一直都只是朋友而已……」我沒想到她會這麼直接地問，於是只能這麼回答。她不可能毫不在意吧？

「妳對他來說一直都不是朋友。」她非常平靜。

我低聲應答：「我知道。」

「妳沒有想過該怎麼解決嗎？」

「解決？」

「月見……妳真的不知道我的意思嗎？」

她正眼看我，瞳孔盈滿光輝，我在這樣的坦然中看見了情感恢復的可能。

她還是叫我「月見」，那麼自然，好像我們不曾吵過架。

「這樣說吧，妳還喜歡鄭豫凱嗎？」

面對她排山倒海的敏銳問題，我差一點無法招架……

「情況怎麼樣？」

在教室簡單地和喬喬聊過幾句，我就出去了。薛初凡在我出來之後，迫不及待地問。

「……普普通通。」

「啊？」他對我敷衍的態度很不滿。

我下意識閃避他的眼神，因為喬喬問了我一個敏感的問題。她覺得，我早就不喜歡鄭豫凱了……

是不是這樣，我真的不知道。說實在，怎樣才算是結束呢？

但薛初凡不知道我在想什麼，依舊為我著急，「月見，她好不容易在教室等妳，妳應該多跟她聊幾句啊。」

經他提起，我才想到，有件事我應該要趁現在問清楚。

「你是不是知道什麼？」我慎重地問：「喬喬的轉變太快，老實說，我覺得跟你有關係。」

「啊？妳怎麼會這麼想？」

「因為我有一種好像會繼續跟你牽扯不清的感覺。」不是玩笑，是真的這麼認為。

他露出欣喜的笑容：「是嗎？」

「誰叫你一副隨時都會冒出來的樣子。」我瞪他。

「隨傳隨到才會讓妳幸福啊。」

「最好是啦！」

回到正題，我不死心地追問有關喬喬的事情。

「你介入了，對不對？」

我想起來了，薛初凡那句不對勁的話——

——果然出現了，怎麼樣，要不要去找她說話？

他怎麼知道喬喬會出現在教室？又怎麼會迫不及待地把我帶回教室？

這一切，一定和他有關。

「薛初凡！」

「嗯？」

「不要對我說謊。」

讓我知道你為我做的所有事情。

他沒轍，輕輕笑了，伸手碰我的額頭，是情人般的溫柔：

「我只是不想再看妳難過啊。」

而我看著他，審視那份溫柔。這麼久了，我好像也只能看著，沒其他辦法了。

後來，我又去找喬喬問清楚，才明白事情的始末。

「那時候他來找我，和我談了很多。」她想著那個人，我看不清楚她的眼裡是否還有眷戀。可以確定的是，她現在平靜了很多。

「例如？」

「他告訴我，妳已經很努力了，請我再等妳一下。」

我愣了下。薛初凡覺得我很努力了嗎？可是，我什麼都沒做啊……

我才擰起眉心，喬喬又接著說下去：「其實，我有感覺到喔。」

「咦？」

「是真的。」她側頭看我，唇角的弧度微微上揚。「妳不是一直在看我嗎？妳好像也一直為我的事拼命煩惱，對吧？」

「……既然妳都知道，那妳怎麼還不理我？」

「我……可能也正在努力吧。」她別開目光，有點難為情。

「努力？」

「嗯，努力克服忌妒得要死的心，還得說服自己別再肖想他啊！」

「妳在說什麼啦！」

我笑了出聲，和她靦腆的笑容相互輝映。我們有多久沒這樣開心地笑過了？

「後來想想，其實我真正生氣的不是他喜歡妳這件事。」她輕吐一口氣：「而是，氣我自己的懦弱。」

「喬喬……」

「要是當初勇敢一點，在公車上有去問他名字就好了。那樣，我一定有機會吧？比妳還早認識他，說不定他就會先注意到我。」

我沒回應，等她繼續說下去。

「不過，我不是在向妳示威。」她抬頭，模樣認真：「時機過了，就沒辦法再挽回什麼了。月見，這是妳的故事，我能做的只有看清事實。還有，提醒我自己，比起薛初凡，我更要在乎的人應該是……」

看她突然泛紅眼眶，我慌了手腳。她卸下所有偽裝，就這麼向前抱住我。我輕拍她的背，感覺到她在掉淚。

雖然，我們引來很多不必要的目光。

不過，什麼都不重要了。

妳那句沒說完的話，我都知道。我已經知道了，喬喬。

「小姐，妳快遲到了，可能要快一點喔！」

我意識到自己還懶洋洋地趴在床頭，連忙匆匆忙忙地跑下去。

瑪姬已經準備好早餐了，我吃得比平常還快，就怕從來沒有遲到記錄的我在今年創下第一筆。

「小心，可別噎到了。」瑪姬提醒我。

知道啦，但如果我遲到的話，吃早餐噎到的人會變成班導。

「對了！小姐，妳等我一下，我拿個東西給妳。」她看起來好像很愉快。

過了一會兒，她手裡捧著一幅畫，朝我走來。

「這個送給小姐當禮物。聖誕節那天我要去上繪畫課，回來的時候妳應該睡了。」

這麼一說，聖誕節的確是快到了！那麼……

接下畫，我遲疑地開口：「瑪姬，今年聖誕節……姑姑會回來嗎？」

我望著瑪姬，她先是為難地停頓了一下，才慢慢搖頭。

果然，又是個寂寞的聖誕。仔細想想，我幾乎沒有什麼和家人過節的經驗，就連爸媽離婚之前也是。媽媽會幸福地和她的新家庭一起過聖誕吧？爸爸那邊，也一定是這樣的。

只有我……唉。

「那天晚上，小姐妳可能要在外面用餐了，真的非常抱歉。」瑪姬十分愧疚地彎下腰。

「沒關係，我也很久沒吃外面的了。」我微笑。

「對了，看一下畫吧！」瑪姬指向我手中的畫。

我把畫拿高，映入眼底的是美麗的聖誕紅。自從瑪姬上了繪畫班，畫技更勝以往了呢！

「真的好漂亮。」

「謝謝小姐的稱讚，我也畫了另外一幅要給夫人。」

而我盯著畫中的聖誕紅，良久，萌生了一個想法。

「瑪姬，妳畫這個會很花時間嗎？」

瑪姬想了想，「不會，畫布並不大，顏色也挺單純的。」

「那，可不可以再幫我畫一幅？」

「咦？」她納悶。

「我也想送給我的朋友。」我下意識低頭，輕問：「可以嗎？」

「呵呵，當然沒問題！」

「謝謝妳。」

不想增加瑪姬的負擔，我只請她畫一幅。不過，到底該送給誰呢？喬喬嗎？還是……

我走幾步，忽然停了下來。我想起那個人，想起他說過的那句話。

那一刻，我轉頭追上走進廚房的瑪姬，「等等，瑪姬，妳可以幫我改畫別的嗎？」

「咦？當、當然可以啊。」

當她應允時，我不自覺地陷入那個人眼中的美好。在夜的懷抱，溫柔的那端……有一片金黃色花海，遙遙等待。

最後班導沒有噎到早餐，因為我在最後一秒衝進教室。

不過，班上的人倒是被我嚇一跳。有人還關心地問我怎麼了，差點嚇得我把早餐吐出來。

環顧教室，我發現鄭豫凱正在看我。

咦？他也注意到我差點遲到嗎……

這時，喬喬走了過來，拍拍我的肩：「月見，妳是真的沒事吧？睡過頭嗎？」

「對啊，我沒事啦！放心。」

「那就好。」她點頭。

我看向她，發現彼此都笑著。雖然，她的語氣仍有些生疏，但我們是真的和好了。

這件事比什麼都重要。

「等一下是電腦課，我們走吧。」她對我一笑。

第一節課很無聊，應該說，這門電腦課一直都很無聊。但我還是有花心思在聽，不像有些同學已經睡到流口水，把滑鼠都泡壞了。老師也習慣了，他顧著講自己的課，不管到底有幾個人是醒著的。

下課，才是大家覺醒的時候。老師把畫面還給我們，有很多人就利用這十分鐘打遊戲、逛網拍。

我覺得無聊，把螢幕關掉，打算趴著休息一下。才剛趴下，我就感覺到有人在拍我的肩。

「唐月見。」這個聲音好熟悉。

「鄭、鄭豫凱？」

「能出來一下嗎？」鄭豫凱壓低聲音問我。

我愣了一下，但他沒等我回答就走出去，我只能匆匆跟上。等我關上門，他已經靠在牆邊等我了。

明亮的雙眸望向我，好像有很多話要說。

我不自然地搔搔頭髮，「有、有什麼事嗎？」

他輕輕微笑，很好看的角度。「為什麼妳和我講話老是這麼拘謹啊？」

「那、那是因為……」沒料到他會這麼說，我紅了臉。

「不用一直結巴啦，我應該沒有很可怕吧？」

「對不起。」

「為什麼要道歉？」

「我不知道啦！對不起。」搞到最後我都不清楚自己在說什麼了。

看我這樣子，鄭豫凱笑了出聲：「妳真是奇怪。」

奇怪？才不奇怪！

我又不習慣跟你聊天，會緊張也是理所當然啊！

沒理會我的焦躁，他講起別的事，「對了，聽說妳作文比賽第一名？」

為什麼連鄭豫凱都知道？我記得老師沒有公開表揚啊！

「妳別忘了，作文被貼在穿堂。」他提醒我。

「啊，我還真忘了。」

「我去看了，妳文筆很好。」他流露跟平常不一樣的情緒，「我以前不知道妳家的狀況，所以看完那篇文章才特別有感觸。」

「什麼樣的感觸？」

「覺得妳很了不起。」

「咦？」

「哈，這麼說很奇怪吧？不過我真的覺得妳很了不起。怎麼說，妳遇到那樣的事，而且在班上……」

說到一半，他就止住聲音。看他有點愧疚的樣子，我馬上知道他是不好意思說出我被霸凌的事。不過那是事實啊，有什麼不能說的。何況，他也有站出來幫過我。

「對了，妳好像跟妳朋友和好了？」他突然說。

「嗯，已經和好了。」我又補充：「謝謝你的關心。」

我不敢對上他的視線，但好像不是因為害羞。總覺得很奇怪，我的心很奇怪……

「怎麼了？」他也發覺到我的異常。

「沒、沒有啦！只是覺得，我們以前好像不會這麼聊天。」

他愣了下，安靜看我。呃，我是不是說了什麼不好的話？

過一會兒，他才忽然笑起來。我呆呆看他，不懂他在笑什麼。

「妳會覺得奇怪也很正常，畢竟，我找妳也不只是因為要聊天而已。」

「那不然呢？」

鄭豫凱的目光堅定，好像要說出什麼重要的事。但在那一秒，我們的身後忽然響起極快的腳步聲。

「月見！」

然後，才一眨眼，我已經被某個不明力量給拉過去了。

一張俊秀的臉龐靠近我。

「薛、薛初凡？」我驚呼。

他怎麼老是隨便就蹦出來？

「是我啊，驚不驚喜？」薛初凡笑咪咪的，一把攬住我。

「什麼驚喜？是驚嚇！」

「我知道妳有想我啦！不用害羞。」說完，他的視線掃向鄭豫凱，「不好意思，我有事找月見，你不介意吧？」

愣了幾秒，鄭豫凱才恢復平靜的面容：「當然不介意。」

「那就好。」

我問號，「啊？好什麼？你要幹嘛？」

「先過來、先過來！」

在鄭豫凱的注視之下，薛初凡就這麼把我帶往隔壁的樓梯間。

我踩他一腳，「你要帶我去哪裡啊！」

「那傢伙看不到的地方。」

「你真的很幼稚耶！」

「我哪有？他用變態的眼神看妳，我是在救妳耶！」

「你自己才變態吧！」他還有臉說別人？

「我不管，他這變態，我要告他誘拐未成年少女。」

我沉默一會兒，才說：「笨蛋，他又不喜歡我，你吃什麼醋。」

「誰說他不喜歡妳？」

我愣了下，想起鄭豫凱對我的態度。他喜不喜歡我，我真沒辦法確定，但我對他剛才找我出來的動機，非常好奇。

「唉，算了，我不該那麼說的。」薛初凡似乎在後悔。「這樣的話，妳就會發現了……」

「發現又怎樣，那根本是不確定的事情啊。」我不喜歡他沮喪的表情。

「月見……」他忽然叫我。

「嗯？」

「如果他現在向妳告白，妳會答應嗎？」

我抬頭看他，那雙寫滿憂鬱的瞳孔。「你幹嘛問我？他又不會告白。」

「為什麼不會？我一看就知道他喜歡妳。」

「不會啦！」

「會。」

「不會！」我反駁他。

那種事不會發生的，我就是在單戀啊。在一起這種事，我想都沒想過。

他抓住我的手，「妳不是喜歡他嗎？為什麼妳好像不希望他告白？」

「我、我才沒有！我一直以來都是單戀，你要我怎麼思考這種事嘛！」

或許是我喊得太大聲，他也安靜了。我們在寂靜中對視，要釐清的事情，似乎還有很多。

可是，我也很混亂啊。

這些事情，以前根本就不會發生在我身上。現在突然來了，我怎麼可能一下子就反應得過來？

他嘆氣，「算了，那就先不要想吧。月見，我想跟妳說另一件事。」

「什麼？」

「記得那天在保健室的事嗎？我問妳要不要跟我出去。」

「記得。」

「我再問妳一次，聖誕節要不要跟我約會？」

「好啊。」我說。

「拜託嘛……咦？」他張大嘴。

咦什麼咦，小心蚊子飛進嘴巴。這個人也真奇怪，我都答應他的邀約了，還想怎樣？

「怎麼可能？妳不是月見！」

最好不是。

「因為每次妳都明明很想去卻裝不想啊，那麼傲嬌才是月見嘛。」

「我哪有那樣！」

「真的有。」

「我不想去了。」然後我說。

「不可以！妳都答應我了，反悔的是豬。」

隨便他啊，反正他自己也像豬。

「那就這麼說定！那天放學我會蹺課，在妳教室外面等妳。」

「我剛才就說不要了。」而且蹺課是怎樣？你真的能畢業嗎先生？

「我沒聽到，所以妳還是要去。」他超霸道。

最好是沒聽到！

「隨便你啦。」我沒好氣地瞪他一眼。陪他耗這麼久，都快上課了。

他嘿嘿一笑，「不過，妳這次怎麼會爽快答應我？」

我不是很想回答，偷瞄他，又轉回視線。

「是不是喜歡上我了？」

我嗆到口水，「誰喜歡你，少自戀了。」

才不是喜歡他，才不是。

「那是為什麼？」

「聖誕節，我通常一個人過。」

他像是貓，縮了一下，害怕誤觸我的傷痕。伸出手，他輕撫我的頭，彷彿想把力量傳遞給我。

薛初凡其實是個很溫柔的人。

「沒關係，以後我陪妳。」他嘴角上揚，堅定地說給我聽。

那瞬間，寂寞一掃而空。「以後」這個詞，被他一說，似乎變得比較容易實現了。

「那我走了。」

「妳要回去了？」他問。

「不然我會遲到，你也快點回教室吧。」

「我陪妳！」他一個箭步又追上來。

走幾步就到了，陪什麼陪？他老是怕我走丟。

我們離開樓梯間，這才發現原來鄭豫凱還在教室外面等我。他仰起頭，目光落在我的身上。我忽然有點愧疚，他真的在等我啊。

「變態在那邊幹嘛？」薛初凡咕噥。

「你才是變態。」

「喂，我不是變態，我只是喜歡妳而已。」

他又追上來，還故意講得很大聲，我連忙轉頭摀住他的嘴。

「你這白癡！」

「妳才白癡，不要喜歡他啦。」他掙脫。

「再說我就打你。」我恐嚇他。

「好嘛……」他低聲下氣，「那，我走了喔。」

「嗯，快回去。」

他走了幾步，又回頭：「記得聖誕節在教室等我！」

「知道啦。」他是要讓幾個人聽到啊？

我轉頭瞄鄭豫凱，他好像也聽見了。

「記得喔！忘記的人是豬。」薛初凡還在說。

「我拜託你這隻豬快走啦！」

然後他才心不甘情不願地離開。

「妳跟他約了？」鄭豫凱開口問。

我點頭，「嗯，我那天也沒事……啊，你還沒說你怎麼會找我？」

他若有所思，靜靜地凝視我的臉。我被他看得不自在，只好一邊猜測他找我的用意。

「本來有事，但現在沒事了。」

「咦？」

他笑了笑，雲淡風輕，「被人捷足先登了啊。」

唐月見：要是感情能是簡單的是非題，我們看起來似乎就不會那麼傻了啊。

章之九　所謂喜歡

怎樣的喜歡，才足夠讓愛情開始？
怎樣的結束，才算對得起自己？
幸福路上，我們從來就沒有前路能參考。

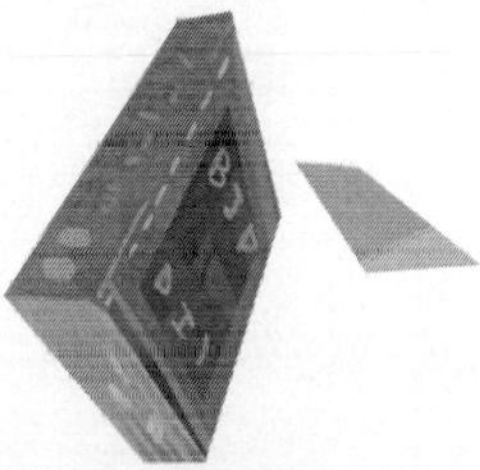

鄭豫凱該不會……是想約我過聖誕節吧？

我的手中拿著一幅畫，放學後，就坐在教室裡等薛初凡。那天的事我還記得，鄭豫凱後來也沒說什麼，可是，我好像看得出他帶有一絲無奈的背影。

那時，他會是什麼心情？對他來說，我真的在心裡占有一席之地嗎？

「月見，我來了！」薛初凡在教室外大喊。

教室裡的人一同往外看，包括這陣子沒找我麻煩的林姵媛。咦，這麼一想，最近我似乎沒和林姵媛有什麼牽扯。她該不會是想通了吧？

可是……她看我的眼神還是很不友善。

我收好書包，經過她身旁。這時，林姵媛擋下我的路，我納悶地看向她。

「有事嗎？」我問。

「聖誕節，妳要跟他去約會嗎？」她像在質問。

「……今天的確有約。」

「勾引那麼多男人，叫他們幫妳出頭……有什麼了不起？」她嫌惡地丟下這句話便離開了。

勾引？幫我出頭？

「喂！妳說這話是什麼意思？」

她回頭，「妳自己清楚，少裝傻了。」

「我沒有裝傻，喂！」我衝過去想叫住她，另一雙手卻把我拉回原位。

薛初凡難掩氣憤，「她又在罵妳了嗎？這傢伙怎麼死性不改啊！妳等著，我去罵她！」

「等一下！」我抓住他，「也沒罵什麼啦，你不用管。還有，你幹嘛隨便進我們教室？雖然已經放學了，還是不能亂闖啊！」

「我看見她在罵妳，很生氣。」他還瞪著她的背影。

「你先出去啦！」我把他推出門，才回頭往教室一看，但林姵媛已經不見了。

跑得真快。

「你說要出去，到底是去哪裡？」我才想到好像還沒問。

「祕密。」他笑，手突然伸過來。

我迴避，「幹嘛？」

「聖誕節約會，應該要牽手啊。」

「我們又不是情侶，牽什麼手，你這變態。」

「就說了我不是變態。」話雖然這麼說，但他好像也不在意，「牽一下啦，當作聖誕節禮物。」

我才不要，你的禮物已經準備好了。

看我不理，他只好放棄。一路上，我們照樣被許多人關注，我刻意低頭，為的就是不希望明天上校刊頭條。薛初凡覺得奇怪，於是問：

「妳為什麼一直低頭？」

「我不想被別人看見我和你走在一起。」

「已經被看到了，所以抬頭啦。」他抬起我的下巴。

「囉嗦！」我甩開他。

「讓我看見妳可愛的臉。」他笑得比我更可愛。

心跳突然不受控，像裝了馬達一樣。我深呼吸，在內心嘲笑自己的蠢。我在幹嘛？這傢伙說話一直都很肉麻，我那是什麼反應？

最後，薛初凡帶我到商圈裡逛街。因為聖誕節的關係，人潮很多，情侶更是滿街跑。我覺得自己需要墨鏡，但薛初凡好像完全不在意那些閃光，抓著我到處走。

「人好多，我們一定要在這裡擠嗎？」我皺眉，剛才有個冒失的小鬼還差點把我撞飛。

「不然妳想去哪？」他問。

「是你帶我來的耶！」

「沒辦法嘛，晚一點我們要去山上，先來這裡消磨時間。」

「山上？」我驚呼，「去那麼冷的地方幹嘛？我才不要。」

「妳放心，我幫妳準備了羊毛大衣，不會冷的。」他亮出書包裡的衣服。

裡面一本書也沒有，他到底去學校幹嘛的？

「那也太遠了，我不能太晚回家。」雖然今晚家裡也沒人。

「啊，是喔……」他好像很失望。

笑容又染上陰雨了，我心口有點痛。看他憂鬱的樣子，我試探性地問：

「你要帶我去山上做什麼？」

「今天有雙子座流星雨，我想帶妳去看。」

我怎麼沒聽說？

「但妳不能留太晚，好可惜……」

其實，今晚我不管幾點回去都沒關係。我也滿想看流星雨的，這輩子都還沒見過。而且……

「你負責把我送回家，我就去。」我不看他。

而且我不想看他失望。

「真的嗎？好！我一定把妳安全送到家！站在門口不讓壞人進去！」

他腦袋有洞嗎？還想在我家門口當衛兵！

接著我們走進電子遊藝場。我沒來過這種地方，覺得很吵。我才正想告訴薛初凡，他卻已經拉著我走進一台不知名的機器。外面有布幕蓋著，正前方有一個小小的螢幕，看得見自己。

「這是幹嘛的？」我看他投下硬幣，滿臉不解。

「妳不知道嗎？這在我們小時候很多耶！沒想到這裡還有一台。」他笑，「這是拍大頭貼的機器，雖然已經退流行了，但我還是覺得很好玩。」

「拍照？」不要，我最討厭拍照了！

「對啊，過來一點，不然怎麼照得到妳？」他不知羞恥地攬住我的腰，把我拖了過去。另一隻手在那些按鈕上點來點去，接著下方螢幕出現倒數的數字。

我可以不要拍嗎？

還沒回過神，第一張照片已經拍攝完成。

薛初凡擺的表情很帥，但我沒在看鏡頭。

「月見，妳專心一點啦。」他攬我攬得更緊。憑什麼說我？我都沒計較他的鹹豬手隨便亂摸了。

接著又開始倒數，我這次比較認真一點，喀嚓一聲，第二張又拍完了。

他的臉還是很帥，可是我看起來很呆。

「我不會拍照啦！」我抗拒。照片裡的我，站在薛初凡身邊一點也不搭。

「有什麼關係？妳那麼可愛，隨便照都好看啊。」

「又在說謊。」我不開心。

「我沒有說謊。」

接著又一聲，第三張也結束了。

這次最慘，我的表情看起來像被戴綠帽一樣臭。

「我跟妳說，妳只要像平常一樣，微笑就可以了。」他給我一個笑容。「像這樣。」

「我不像你，隨便一笑就很耀眼。」

「笨蛋，妳聽就是了。要拍了！」

他再度對鏡頭率性一笑。而我像他說的，試著露出微笑。

「這張很棒啊！」他雀躍。

的確，我終於像人了。

「接下來弄點變化吧。」他說。

他又開始在按鈕上東點西點。回頭一看，背景換了一個顏色。他坐在後方的椅子上，招手要我過去，當我坐下，他再度攬住我。

「你幹嘛一直抱我？過去一點啦！」我忍不住說了。

「離那麼遠拍起來才不好看。」

藉口！

接著，我們拍了很多照片。我也從一開始的抗拒，慢慢變得樂在其中。照片拍滿了，薛初凡帶我走出去，繞到機器的另外一方。那裡有個螢幕，還有兩支筆。

「這什麼？」

「畫圖，幫剛才的照片裝飾。」他拿起一支筆，開始選照片。

「還可以這樣喔？」我也學他拿起筆。

「這張很棒，選這張。」他選了其中一張。

「這張還可以。」我勉為其難地點選另一張。老實說，我的表情還是有點呆。

「還剩一張，要選哪個？」他問。

糟糕，剩下來的都是失敗品。

「我也不知道。」

「那……這張好了。」

「你幹嘛選那張？我沒看鏡頭耶！」我抗議。

「有什麼關係，我覺得很棒。」

「哪裡棒？」

「這張的妳，眼睛是看著我的。」他的神情鄭重，但眼裡是笑著的。

我愣了一下，忽然覺得心有點疼。

「我現在不是看著你嗎？」

「妳很少……真正地看著我。」

真正？有什麼差別？

「妳總是看著那個人，卻從來不會回頭看我。」他的語氣輕鬆，臉上也是笑著的，但我感覺得到他的落寞。

的確，我總是望著前方。而他在我身後拼命追趕，卻到不了我身旁的位置。即使如此，他也從不退縮。一直想傳達給我的那份心情，我都懂的。

選完照片，我們開始裝飾照片。我不懂該怎麼畫，總是選到太亮的線條，把畫面搞得一團糟。反觀薛初凡，他畫得很熟練，就像他……

「喂，你該不會常拍這個吧？」跟誰？

審視我懷疑的目光，他回答：「妳是不是在想，我跟哪個人常出來拍？」

「才不是！」我絕對不承認。

「哈，其實不是我，是我表哥常拍。」他輕撫我的頭，「但是他很沒有藝術天分，所以老是叫我幫他畫。」

「喔，早說嘛。」我脫口而出。

聽見這句話，他看向我，像是意識到什麼，露出興味的表情。我怔了幾秒，才發現自己的話太曖昧。

「我、我沒有別的意思，你不要誤會。」我低頭繼續畫。

「我知道了。」他笑，聲音好清脆。

我一點也不想知道他知道了什麼。

「不過……我真的很高興。」他又說。

我本來很想反駁的，但只要看見薛初凡的笑臉，就覺得沒關係了。笑容才是最適合他的。

就算心被牽著鼻子走，也無所謂。

「雙子座流星雨很壯觀，每小時流星數最多會達到一百二十顆左右喔！」

聖誕節傍晚，我們來到山上。薛初凡那傢伙根本沒穿多少，卻跑在我前頭，好像一點也不冷的樣子。他向我介紹流星雨的盛況，但我到現在還沒看見半顆，他是不是唬我？

「哪來的一百二十顆？」

「晚一點才會出現。」他走回來，滿臉笑意地拉住我的手。

「你幹嘛？」我瞪他。

「來！」他拉我向前，走在翠綠的草坪上，選一個好地方坐下。

我不自覺地低頭看，這件羊毛大衣就是他塞在書包裡要給我穿的。雖然現在是冬天，但穿了這件外套之後，倒也不怎麼覺得冷了。我比較擔心他，只加穿一件普通的外套，不曉得會不會感冒。

等一下發燒可不要叫我背他回去！

他開始東張西望。別看了，旁邊都沒人，你想幹嘛就直說吧。

「真的有你說的流星雨嗎？都沒人來看啊。」

「他們去別的地方看了啦。」他的語氣很敷衍。

我嚴重懷疑他在唬我。

「在流星雨出現之前，我們先找事做吧。」他說。

「找什麼事做？」我不自覺往後。

「聊天。」他又把我拉回去，一臉純真。

好吧，姑且相信你。

「為什麼特地來這裡聊天？你都不冷喔？」

「就跟妳說我不容易感冒了。」他笑著拍拍自己的胸脯，「月見妳呢？冷嗎？」

「多虧你的衣服，不冷啦！」我悶聲回答。

「哈，我就知道帶那件是對的。」

「你今天到底去學校幹嘛的？」

「接妳啊。」他理直氣壯。

所以書包裡才只裝了外套嗎？

「這麼一想，我以前好像都沒聽說你課業方面的事。讀得怎麼樣？該不會天天蹺課吧？」我覺得很有可能。

「才沒有，我只是都在忙學校活動。」他連忙為自己辯駁。

對喔，班聯會會長真的很忙。

但他這種白癡會辦出什麼活動來？

「最近在籌備情人節活動喔，到時候月見妳也一定要參加。」

去什麼去，我又沒有情人，去給閃光閃瞎的嗎？

「那活動在做什麼？」

「還沒準備好啦，不過沒有情人的也可以去……」他神祕兮兮，往我這邊靠過來，攬住我的肩，「說好了，一定要去。」

「我去幹嘛啦？沒有情人有什麼好玩。」

「那妳快答應我，妳就有情人了。」他居然還敢說。

「你根本沒問過我什麼。」

仔細想想，他還真的沒問過任何關於「交往」的問題，而是動不動就出現在我身邊，不停吃醋，不停對我毛手毛腳，好像已經是我男朋友一樣。

「妳幹嘛瞪我？想要我問妳嗎？」他勾起一邊嘴角。

「你問了我也不會答應。」

他像沒聽見一樣，逕自開口：「唐月見小姐，妳願意嫁給我嗎？」

我嗆到口水，「你是白癡嗎！沒交往就想結婚。」

「哈，那我們就先交往吧。」他大聲笑了，我才發現自己中了圈套。

「喂！薛初凡！」

我朝他掄起拳頭，他卻一把拉住我，讓我栽進他胸口。聽著他的心跳，我才發現，原來他並沒有想像中的從容。撲通、撲通……他的心跳跟我一樣，也很快呢。

雖然不是什麼特別的關係，但我們一直如此貼近。如果我夠聰明，就該離他遠一點。在沒有準備好要給他答案之前，我應該要保持距離的。

可是，薛初凡……在那之前，你還會這樣看著我多久？

這麼耀眼的你，真的不會走嗎？

「為什麼不推開我？」他出聲，音調沉靜。

我沒有動，眷戀著什麼我也不明白。

「笨蛋，妳這樣……我會愈陷愈深啊……」他輕輕嘆息。

笨的人是你吧！

聰明的人就不該對我這麼好。

「你到底為什麼對我這麼執著？」我將頭埋在他胸口，鼓起勇氣問。

「很多原因啊！妳雖然不把關心掛在嘴邊，但內心卻很體貼；妳總是罵我笨，卻還是捨不得我。還有……」他停頓一下，湊近我耳邊：「像現在這樣，依賴著我的妳那麼溫暖，我怎麼可能放得下？」

問題出在我身上吧，我真的離他太近了，讓他始終沒辦法放下。

「可是，你也會傷心吧。」我說。

「嗯，沒辦法，畢竟妳喜歡的是別人。」

他的聲音聽起來很淡然，但他怎麼可能不難過？也許是因為這樣，所以他才沒有反駁。

整理好自己的思緒，我毅然推開他，站了起來。

「月見？」

「好了，你說的流星雨在哪裡？」我強迫自己露出微笑，不再提那些事。

「真是的，答應跟我出來就只為了看流星雨。」

他沒轍，突然用雙手遮住我的眼睛。

「你幹嘛？」該不會要偷親我？

「妳等我一下，等我說睜開眼睛再睜開。」他把手移開，不曉得在忙什麼。我很想睜開眼睛，但又有點期待，期待他會給我什麼樣的驚喜。

過了大概三分鐘，薛初凡叫我睜開眼睛，於是，我看見了這輩子最近距離的感動。

綻放的煙花有如流星，在璀璨後垂直下墜，沒有回頭，堅定無悔。被點燃的煙火一發一發地飛上天，將夜空點綴得比星光還美麗。此刻，我們就站在這片相連的天空下，沉浸這短暫的美好。

「你還騙我說有流星雨。」應該是罵人的語氣，我卻潤濕了視線。

「我沒騙妳喔，雙子座流星雨真的有一百二十顆！不過，那是去年的報導。」他淺淺地笑了，「別氣了，煙花雨不是更美麗嗎？為妳綻放的喔！」

「為我綻放？那你什麼時候才要為自己綻放啊……！」

慘了，眼眶有點疼，真的快要忍不住了。

他靠近我一步，將手搭在我肩上，溫柔看我，深深地說：

「月見，祝妳聖誕節快樂。」

我努力忍住眼淚，打開放在腳邊的提袋，把那幅畫拿出來，霸道地遞給他：

「給你的！聖誕節快樂。」

「這是……」他呆了一下，仔細端詳那幅畫作。

「本來應該要是聖誕紅的東西。」我說。

他是真的看呆了，有好久都說不出話來。我納悶一會兒，才慌忙解釋：「那、那不是我畫的，是我家幫傭瑪姬的作品。」

「嗯，她真的畫得好棒！可是，妳說聖誕紅是什麼意思？」

「啊……」我有點難為情，「就是瑪姬她啊，畫了一幅聖誕紅要送我。我本來想說，請她也畫一幅給你，但後來覺得……」

「妳覺得這個比較適合我嗎？」他望向我。

適合……

咀嚼他話中的意思，我不禁紅了臉。他好像也懂了，就把那幅畫展示在我面前——

畫中，有一片漂亮的金黃色花海。而那片花海，只盛開在夜晚時分。

月見草——它有這麼一個美麗的名字。

我有點不甘心，「喂，我明明都還沒說，你怎麼好像已經知道那種花是什麼了啊？」

「因為我查過啊。」他坦然地說。

「咦？」

「月見……妳的名字很美不是嗎？」他撩起我耳邊的髮，這次我卻沒有閃躲，「我好奇妳的名字，所以就上網查了一下。一開始，我還查到『賞月』這個意思，但後來，我一看到月見草，馬上就知道妳被取這個名字的原因。」

我愣住，「什麼意思？」

「月見草只在晚上盛開，而且非常美麗。它的花語是——默默的愛，但也有人說是自由的心。」他對我溫柔微笑，像是發自內心地喜歡這種花。「我覺得啊，這兩種花語都是在說妳。」

他的嗓音彷彿正在訴說一個故事，而我也情不自禁地聽下去。

「妳雖然過得很辛苦，但還是對這個世界很溫柔。妳有一顆渴望飛翔的心，即使身在黑夜，也很努力地等待黎明。」他的拇指輕輕按在我的臉頰上，對我目不轉睛，「妳不是問過我，喜歡妳什麼嗎？這個問題，我到現在也沒辦法明確回答，可是，我剛才說的這些，大概就是原因之一吧。」

他把我說得那麼好，讓我也不禁鼓起勇氣相信自己真的有那麼好。明明爸媽幫我取這個名字應該沒有任何原因，但他都這麼說了，那我就溫柔地相信吧！

「總之……你喜歡就好。」

「當然喜歡。」他又重複一次，「我……當然很喜歡。」

我心跳漏一拍，避開他的目光，「那你就趕快收起來吧。」

而他，說的到底是那幅畫，還是我呢？

他將畫放下，再度按住我的肩，逼得我必須正眼看他。那雙黑瞳洩漏太多溫柔，我深怕自己就這麼一頭栽下去。

下一秒，他的眼神從感動轉為哀傷。

「我太喜歡妳了……」

我怔忡，看他的眼中顯露前所未有的脆弱。壓抑的心似乎就要滿溢，他用低啞的語調迸出一句：「可是，為什麼……」

為什麼？

彷彿時間就這麼靜止了，我清晰地望見他眼中深藏的痛楚。

「為什麼妳喜歡的不是我？」

他朝我深深靠近，一轉眼，已經用他的唇吻了我。彷彿，所有深藏的悸動全被他的吻點燃，在我心上不斷擴大，沒有止息。我應該要推開他的，但我選擇閉上眼，任由自己沉醉在這個懷抱。

良久，他結束這個吻。我看見他不曾後悔的溫柔在眼底飛散，最後，卻只為我沉澱。

他沒有說話，極其專注地凝望我。

我也注視他，很久很久。

「或許我就是到不了妳心裡吧。」他淺淺一笑，從我的視線內離去。

不是的……

我回頭，想叫住他，聲音卻止在喉嚨。

他站在遠處，側過頭，拉起一弧笑痕，「月見，我送妳回去。」

於是，我們還是停在原地。還在原地，看不清什麼時候得以前進。

分不清是第幾次了，我再度在上課時間被老師叫起來。全班都很意外，納悶一向專注的我怎麼會不斷恍神？

我訥訥地道歉，歷史老師這才提聲警告：

「我記得妳平常很專心的。等一下別再放空了，我會叫妳罰站一整節。」

「是。」

我一坐下，左鄰右舍開始投以關注的目光。左邊的同學還問我怎麼回事，我只是笑著搖手，直說太累了。

我一整晚沒睡，現在也毫無睡意。

因為我忘不了那個吻。

不該這樣的，當時的我太感動了，在氣氛催化下，才以為那樣沒關係。如果我不能很清楚地確認自己喜歡薛初凡，怎麼可以給他那樣的機會呢？到最後，不只他抽不了身，連我也會無法自拔的。

我還在懊惱，不久就下了課。我抬起頭，往窗外看，看那傢伙會不會又來找我。糟糕，到時候我要跟他講什麼啊？

「妳看什麼看！又在等薛初凡嗎？」沒想到，林姵媛又走來找我麻煩了。

我轉頭看她，「……妳有事嗎？」

「哼，真不懂他到底看上妳哪裡，怎麼會丟下校花，喜歡妳這種不起眼的女生。妳到底下了什麼迷藥啊？」

丟下那個校花？她倒追薛初凡的事大家都知道嗎？

「妳那什麼表情？不就是妳叫薛初凡拒絕她的嗎？」她不屑地說。

這時，一個人擋在我面前，把我和林姵媛隔開。我定睛一看，是鄭豫凱，他很嚴肅地瞪著林姵媛。

「我不是跟妳說過了？」

「我……」林姵媛不甘心地住了嘴。

說過什麼？他們有什麼約定嗎？

我出聲問：「你們在說什麼？」

「裝什麼裝啊！明明是那種女人，還裝得像處女一樣純潔，想誘拐誰？」林姵媛忍不住，再衝出一句。

「林姵媛，要是妳再說一句，別怪我不客氣。」鄭豫凱將我往後推開，出手抓住林姵媛的手臂。

我第一次看見這樣的鄭豫凱。

他是第一次這麼生氣。

周遭的人開始勸架，卻也沒人敢問是怎麼回事。我呆在原地，也不曉得該怎麼辦。

朝林姵媛狠狠一瞪，鄭豫凱放開她，接著對我說：「走吧。」

去哪？我一頭霧水地回望他。

鄭豫凱將我帶離教室後，什麼也沒說，只是靜靜地坐在階梯上。我們總是在莫名其妙的情況下單獨相處，和待在薛初凡身邊的時候完全不一樣。

「妳怎麼想？」他終於打破沉默。

「什麼意思？」

「難道妳沒有想過為自己澄清嗎？她惡言傷害妳，我真的看不下去。」

「所以，你聽見剛才的話了？」

他搖頭，「沒有，我只是看見她在罵妳。」

這點和薛初凡一模一樣。不清楚我被罵的理由，就挺身而出。

我望著他的面容，那張我暗戀了一年多的臉。

但有些事，我可能得問清楚，「那個，上次你找我……是想約我過聖誕嗎？」

鄭豫凱愣了一下，我才驚覺自己好像有點丟臉。的確，我是想這麼問，但萬一不是的話，不就超級糗！

可他還看著我呢，我只好勇敢地回望他。

沒多久，他就笑了。咦？果、果然是我猜錯嗎？

「唐月見，妳有時候真的很讓人意外。」他說：「我沒想到妳會這麼直接。」

「呃……」這是稱讚嗎？

「不過，既然妳都問了，我當然會回答妳。」他深吸一口氣，「對，我那時候是想約妳，但妳聖誕節已經打算跟別人過了對吧？」

這回換我傻住了。我呆望著他，想起和薛初凡共度的那個聖誕。

「不得不說，他的動作真的很快。」他低頭輕笑，「但，我覺得我也有我的優勢。」

「優勢？」

他的態度愈來愈令人納悶，我看著他從容的神情，似乎預見了某種可能。

「唐月見。」他忽然叫我。

「怎麼了？」

「我沒猜錯的話，妳喜歡我對不對？」

我張嘴呆在那裡。

他居然把我的祕密說得那麼從容！

「或許是我自作多情，但，應該沒錯吧？」他像是已經確定問題的答案。

「這、這一年來是沒錯……」我只能這麼說。

從我喜歡上鄭豫凱的那天起，我沒想過原來自己的心意會在未來被他揭穿！而且，還是用這麼輕鬆自然的方式！那我之前還藏個屁啊？

「謝謝妳喜歡我。」他笑了笑。

等等！謝什麼？

又不是我主動告白的，他憑什麼發我卡啊！

「呃，妳那是什麼表情？」

「沒、沒事……」我的表情一定很激動。

他發笑，「對了，我想再問妳一個問題。」

「什麼問題？」

「現在妳還喜歡我嗎？」

我愣住，看他深深凝視我。我明白現在的他是極度認真的。

他屏氣凝神，等待我的答案。

「我……」

我不自覺抓住衣角，緊張得連手心都滲出汗來。我能打從心底毫不猶豫地答「是」嗎？

沒等我回答，他又說：「在妳回答之前，我想先告訴妳一件事。」

「什、什麼事？」

「老實說，我早就知道妳的心意。所以，薛初凡每次來找妳的時候，我都有點不是滋味。」

我深吸一口氣，心跳又漸漸加快。

「原本我以為自己是出自虛榮心，看見妳和別的男生要好才會不開心。可是……」他停頓一下，才慢慢說：「可是，好像不是這樣。我是真的在吃醋，而且完全無法控制。妳不是每天早上都會跟我說早安嗎？回過神來之後，我才發現我每天都在等妳。」

每天都在等我？就如同我，每天都期待那一瞬間嗎？

「我想，那應該就是喜歡吧。」他望著我，極其認真。

我終於明白，原來他把我每天和他說的「早安」深深放在心上了。

我忐忑不安地問：「所以……你喜歡我？」

「對。」淺淺一笑，溫柔地，他說。

——我太喜歡妳了。

鄭豫凱和薛初凡一樣，都擁有溫柔的眼神。

這一天，我應該已經等了很久。但是，為什麼……

「那，妳現在可以回答我了吧？」

我的胸口卻微微發疼？

「……」

——可是，為什麼妳喜歡的不是我？

「我可是很認真地在向妳告白喔！」他再度微笑，用那張我眷戀一年的臉。

我沒有說話，逕自望向遠方。曾幾何時，我也成為了鄭豫凱期待的對象，並且被賦予答覆的權利。

——或許我就是到不了妳心裡吧。

可是，這樣會比較幸福嗎？

匆忙地開始一段愛情、草率地結束一場單戀……難道就能幸福嗎？

薛初凡：月見草就像妳一樣，總在孤寂的夜中期待黎明。而我，也想成為妳的那一道光，曬曬妳溫柔的臉。

章之十　最好的人

總有一天，我們一定會遇見更好的人。
每個人都是這麼說的。
可是，現在就站在我眼前的你，也是最好的啊。

「月見，妳怎麼了？還好嗎？」

我從恍惚中轉醒，凝神一瞧，喬喬就站在我的前方，面色擔憂。

「啊，我沒事！」我勾唇笑了一下。

但她依舊擔心，硬是把我拉離座位，到走廊上關心我。

「妳真的沒事嗎？自從妳和薛初凡一起過完聖誕節後，就變得很奇怪。」她探頭，「發生什麼事了？」

她的目光讓我想起那天在煙花底下的記憶。薛初凡吻了我，然後，隔天鄭豫凱就和我告白……

我抬起頭看她，把臉皺成一團。「喬喬，昨天……鄭豫凱跟我告白了。」

她愣了下，看起來很震驚。

「呃，妳還好吧？」

「我、我只是很驚訝而已！雖然早就知道他有可能喜歡妳，但我沒想到他會這麼快就告白。喂，那妳怎麼回答呀？」

我沉默不語，那天的記憶又回到我腦海裡。當時，他沒等到我的回答，便伸手握住了我的掌心。在那一瞬間，即使是我，也陷入短暫的迷惑。

「妳不答應我嗎？」他低頭看我。

「我……我可能……」

我注視他灼熱的雙眼，清楚意識到這一年來我有多喜歡他。可是，有很多事是會變的。而我也還不能確定，我的初戀是否在那時就已經結束了。

「嗯？」

「鄭豫凱，我可能……還需要一點時間思考。」我慎重地說。

他看著我，沒愣多久，便又將我的手握得更緊。「妳在猶豫嗎？猶豫那個人。」

「不是！」

雖然，我不否認我對薛初凡可能也有一點感覺，但最主要的原因果然還是……

我還沒好好結束我的初戀。

沒有結束，要怎麼有開始呢？

我擰緊眉心，一字一句地說：「我還不確定對你的感情。所以，給我一些時間想想吧。」

這段初戀，已經進行到哪個階段，是否足以開始，又是否能夠好好結束……我都得好好想一想。

而且，那個人也等我等夠久了。我不能再這麼自私下去。

鄭豫凱似乎明白了我的想法，他放開握著我的手，溫柔道：「我知道了。不過，我有個提議。」

「提議？」

他的眸子依然俐落晶亮，好像所有事情都在他的掌握中。

「我們先試著相處看看吧。」他說：「以前，薛初凡離妳太近了，只要有他在，我就沒辦法接近妳。所以，妳能不能……暫時和他保持距離？」

我愣了愣，「你的意思是……」

「我的意思是，也給我機會證明妳喜歡我這件事是對的吧。」他輕碰了一下我的髮，淺笑徐徐。

「啊？」聽了，喬喬露出比剛才更驚訝的臉，「什麼？妳答應他了？」

「……很奇怪嗎？」

「我不是那個意思啦！」似乎有些失望，她靠著牆，輕問：「喂，那薛初凡怎麼辦啊？妳真的要和他保持距離？」

聽見他的名字，我的心臟揪了一下。

「我……」

「妳不喜歡他嗎？」

我低頭，「說沒有感覺是騙人的。可是，在我把自己的想法搞清楚之前，我不想像以前那樣搞曖昧，還老是讓他受傷。」

「但，妳這樣做，他就不會受傷嗎？」

會吧，一定會的。可是，讓他看見我和鄭豫凱變得熱絡，他也會受傷啊。不如先暫時別見面，讓彼此冷靜一下也好。

「……喬喬，我還是決定暫時不和他聯絡。」

而且，那傢伙離開了我身邊之後，說不定就會喜歡上新的女孩。就算我會心痛，他也會過得比喜歡我的時候還幸福吧。

他早就應該要幸福了。

「為什麼？」沒想到一向文靜的喬喬，居然激動地抓住我的手臂：「為什麼？有必要做到這種地步嗎？搞不好妳冷落他之後，就不會只是『暫時』而已了！」

「可是，我也不能讓他一直喜歡我啊！我什麼都給不了，對他來說一點也不公平……」

「笨蛋！月見，妳知道嗎？喜歡妳的薛初凡才是最幸福的，妳都不知道我有多羨慕妳！」她似乎很氣，但我在她的眼裡看見心疼。是心疼薛初凡嗎？還是我？

不管是哪種，都是因為她看見了我的不捨吧。

我甩了甩頭，不讓她看到泛紅的眼眶。

「先暫時把距離拉開，也未必是壞事啊。」

後來，我們回到教室，薛初凡居然已經站在門外等我。我不知道他等了我多久，但我很清楚，這次我不能讓他再等了。

一看見我，他立刻興奮地揮手。我沒說話，喬喬也體貼地給我空間，先進了教室。

「喂，我第一節來找妳會不會太突然？」他的眼裡帶著笑意，「但妳剛才不在，所以我在這裡等，不介意吧？」

「不會。」我低聲說。

「哈！我還擔心妳會生氣。」他又笑，伸手想摸我的頭，才發現我的眼眶泛紅：「咦？月見，妳眼睛怎麼了？在哭嗎？誰欺負妳！」

「沒有人欺負我。」

「那妳怎麼哭了？」

「沒事……」我不去看他的眼，「你來幹嘛？」

他愣一下，解釋：「來找妳啊。喂，真的沒事嗎？不要騙我喔！」

「下次不要來找我了。」我說。

「我知道啊，妳總是這麼說。」他沒放在心上，「那我下下次再來找妳。」

「……」

「妳是不是心情不好啊？」

「……」

「說話嘛！」

「午休，你在操場的司令台等我。」

「咦？」他沒反應過來，好半天才驚喜地問：「月見妳約我嗎？是嗎？」

「對啦！敢不去就死定了。」我別過頭，準備進教室。

是時候了，再不和他說清楚的話，很多人都會受傷的。

「好，我一定去！妳不可以放我鴿子喔！我會帶著滿滿的愛去找妳！」結果他居然這麼往教室裡面喊。

我慌忙地逃回我的座位，不再看他。壓抑止不住的心跳，我抬頭，正好撞見鄭豫凱的視線。

他先是對我一笑，像是在說：「我明白。」

我深深吐出一口氣，試圖平穩自己的情緒。

我可以的。

就算心痛，也要懂得讓這麼溫柔的一個人走向自由。

我坐在司令台上，靜心等待那個男孩。迎風吹來，拂過心裡的是不捨，還是決絕，連我都不知道。

不過，這樣才是對的吧！一直以來，我拖著他太久了。

他總是等著我的答案，可我卻連那段初戀都還沒有答案。

薛初凡就快要來了，到時候我該怎麼說？我那麼喜歡他的笑臉，卻要親手破壞他。

說真的，我根本沒資格永遠擁有他的笑臉。

那不如就先讓他離開我，好好看清那份心意是否值得吧。

「月見，我來了！」

遠方，有個人影逐漸接近。就像以前一樣，他總是拼命朝我的方向前進，一步、一步……

薛初凡一鼓作氣，從司令台旁邊的小階梯衝上來：

「真抱歉！剛才有個人纏住我，所以來遲了。」

「誰纏住你？」

「就是那個……鄭豫凱的表妹啊！」說完，他得意地炫耀：「哈，怎麼樣？我已經把他的名字記起來了，不會再忘記。」

我注視他的面容，突然什麼也說不出口。看，他的笑容那麼像太陽，我怎麼忍心把它澆熄。

「月見，妳有什麼心事就說吧！」他飛快在我身邊坐定，像是要準備吸收我的悲傷，一副蓄勢待發的模樣。「妳心情不好，對不對？」

「嗯，應該算吧。」我別開視線。

「我就知道！」他朝我伸出手，摸了下我的側臉，「說吧！我不想看妳難過太久。等妳說完之後，我就要逗妳笑。」

「你真的是……」真討厭，為什麼他就是這麼溫柔啊？相比之下，我根本是一個大壞蛋。

「我怎樣？」他偏著頭，笑意爛漫，「妳說，我怎樣？」

看他的臉愈來愈近，我忍不住，就大聲說：「你離我遠一點啦！」

「喔，好啊，反正這句話妳說過幾百次了。」

聽他這麼說，我的心有點酸澀。是啊，我說過幾百遍了，但你走都不走，不是嗎？

「薛初凡。」

「嗯？」

「這次我是認真的。」我望著他，要他明白，「我想……暫時離你遠一點。」

他愣了下，好一會兒才愧疚地說：「我知道了，是因為我那天亂吻妳的關係吧？月見，真的很抱歉，我……」

「不是那個原因！」我制止他，避免他再繼續胡說八道。「我的意思是，我們暫時別見面了。」

「為什麼？」他皺眉。

「……有很多原因，但最主要的是，我希望你能試著把我放下。」

我希望他能懂我，懂我做出這個決定也很不捨。但，我更不願意看他因為我一再不安、難過。

「為什麼突然要我把妳放下？」他不高興地看我，「妳明明知道我做不到！我那麼喜歡妳，妳怎麼能說這種……」

忽然，他愣了下，在那一秒緊緊抓住我的目光。他的神情沒有了從容，像是在害怕什麼。

「妳……」他聲音沙啞：「妳和鄭豫凱在一起了嗎？」

「咦？」

「聖誕節隔天，其實我有去班上找妳。那時候，我看到鄭豫凱在樓梯間跟妳說話。我本來想過去的，但是你們的氣氛……」說到這裡，他就止住聲音，倉皇地看我：「月見，你們在一起了嗎？」

我當然可以回答他「不是」，但他受傷的眼神，看得我什麼都說不出口。說不是又如何？說不是的話，他還是一樣那麼喜歡我，永遠不會改變的。

他看我不說話，便抓住了我的手，「妳怎麼不講話？難道，你們真的交往了……」

我安靜望著他，把他的手輕輕放下。那瞬間，他好像明白了我的意思。

「我們打算相處看看。」這話不是謊，但聽在他耳裡肯定是。

「……妳和鄭豫凱嗎？」

「嗯。」我別過目光，暫時不去看他的表情。

「我……」

一會兒，他出聲了。我回頭審視他固執的臉容，才發覺他的眼眶早已泛紅。我看傻了，我第一次看見他這種表情。

「我以為我不會奢求交往這件事，可是，為什麼……」他抿唇，奮力眨了幾下眼，似乎是在抑制眼淚：「為什麼聽妳這麼說，我還是覺得很痛？」

「……對不起。」我已經弄傷他了，只能把該說的話一次說完。「見到你，我會忍不住多想。所以，我們暫時別見面吧。」

「我們連朋友都不能當？」他低聲問。

「暫時不要。」我也低聲回答，深怕流露我的情緒。

為什麼會這麼難受？明明已經下定決心的……

「暫時是多久？妳什麼也沒說，我怎麼會知道？」

「我知道『暫時』很自私。所以，如果你希望的話，你也可以看作……」

他打斷我的荒唐，「我怎麼可能會希望啊！」

「……」我捏緊掌心。

他深深看我，連聲音都很沉：「妳要我聽妳的，那好，妳教教我啊！我要怎麼放下妳才好？」

「當然可以，你是薛初凡啊！那麼多女生喜歡你！總有一天，你一定會遇見一個更好的人。至少，不會像我這樣傷害你。」

「妳怎麼知道我會遇見更好的人？妳怎麼能確定？」

他單手按住我的肩，力道不大，卻讓我的心口比方才更痛。

「對我來說，妳就是最好的女生。不管我以後遇見誰，我都不會認為她比妳還好！妳為什麼要擅自決定我的事？沒有妳的未來，我根本不想要！」

我愣了下，心臟還在痛，他的控訴也還在持續：

「妳真的知道嗎？我說過那麼多次喜歡妳，但妳真的知道嗎？為什麼妳老是要把我往外推？為什麼妳不懂我？為什麼妳老是覺得沒有妳我會過得更好？」

我想溫柔碰觸他，卻做不到。已經走到這個地步了，我不能再軟弱。奇怪呢，你怎麼就不懂啊！我不能讓你一直追著我跑，這樣受傷的人永遠都會是你！

我下定決心，起身離開他身邊。

「對，我就是不知道，所以這樣的我不值得你喜歡。」

「等一下。」他叫住我，聲音冷然。

我停住腳步，不敢往回看。

「我不想被妳丟下。」他說。

莫名強烈的預感讓我回頭一望。那一刻，我的髮絲隨著回身力道飄揚，卻遮掩不住薛初凡那抹一躍而下的身影——
他從司令台跳下去了。
「薛初凡！」
我想衝過去，但沒有足夠的反應能力。在司令台上，我看見他單膝著地，似乎拐了一下。
他、他受傷了嗎？
「妳不是不知道，只是不想承認。」
他狼狽站起身，聲音清晰地傳入我耳中。
「我……」
「我還不了解妳嗎？」
我無法動彈。
「妳很善良，一心一意為我好，我都知道。」他繼續說：「但也就是這種善良，傷我最深啊……」
他的背影看起來好寂寞。
鼻腔開始酸澀，我連忙摀住嘴，不讓自己哭出聲。該流淚的是他，不是我，我在哭什麼？
我抬起腳步，朝著他的背影衝過去。他受傷了，我得趕快……
「別過來。」
有什麼力量在心口重擊一下，我睜大眼。
「別過來……」
他的身軀強烈顫抖，方才的沉靜原來全是偽裝。此刻的他，像隻虛弱的貓，緊緊抓住胸口。倔強的淚沿著臉龐滑下，彷彿輕輕碰觸就會瓦解。

胡亂地深吸幾口氣，他擦掉淚痕，不看我，就這麼往前走。這是他第一次把我拋在後頭，因為我先丟下了他。

他走得非常緩慢，每一步都像是竭盡力氣，我從未看過如此無助的他。也許，那是他從不輕易顯露的脆弱，即使遍體鱗傷，仍然以完美的姿態出現在眼前，要我看見他最耀眼的那一面。

他不說，不代表他不痛。

我再也壓抑不住，蹲下身，任由隱忍的淚水奔騰而出。

「……謝謝你，薛初凡。」

「還有，對不起。」

被曾經的溫柔包覆，我凝神守望他離去的孤清背影……

這可能，是最後了吧。

唐月見：說我傻也好，笨也好，我就是捨不得像你這樣溫柔的人一再守候啊。

章之十一　那樣就夠了

自以為是的愛，最燙人。

願有那麼一日，我們都能學會怎麼溫柔去愛。

期末考的來臨，對我來說是件好事。

我是個在念書上很專注的人，代表這陣子我能暫時把自己埋在書堆，再也不去想其他的。周遭的人也沒再提起薛初凡的事，他本人更是沒有出現在我眼前，彷彿在我的生活中消失了。

為期四天的期末考，說長不長，說短也不短。這幾天，我都待在圖書館奮戰，有時候鄭豫凱會來找我，有的時候是喬喬。

我和鄭豫凱的確拉近了距離。這陣子，他也對我像情人一樣好。只是我還是很不習慣啊！

我嘆了口氣，將課本收回書包。瞥一下時間，一個下午又這麼過了，進度還是沒看完，今天我似乎特別煩躁。

離開圖書館後，我獨自回家。途中，我想起這些日子的紛擾，深深覺得自己真是自虐又白癡。

明明是想好好看清自己的心，才決定暫時別和薛初凡見面的。但為什麼，我現在愈來愈迷惘了呢？

我是不是該向鄭豫凱說清楚？

但，已經傷了薛初凡的我也不可能再回到從前吧。何況，他還以為我和鄭豫凱在一起了。

時間接近傍晚，我經過一所小學，往裡面望去一眼，已經沒有什麼人在走動了。我繼續走，明明走的是再熟悉不過的路，卻有種迷失方向的錯覺。突然，視野似乎逐漸縮小了。只剩下遠方的身影，不斷擴大，再擴大。

有個人，慢慢地走在前方。

那是好久不見的薛初凡。

我下意識地往前走，腳步愈來愈快。

「啊。」我忽然停下來。

不行，不能前進。要是看到我，他會更難過的。

我強迫自己別開視線，卻注意到薛初凡不順暢的腳步。我在遠處仔細觀察，發現他走路真的怪怪的，就像是……

他似乎沒意識到我的存在，一個人固執地往前走，我在他身後，就這麼紅了眼眶。

一跛、一跛，他的腳受傷了。

為什麼會受傷？一個人走，可以嗎？

我靜靜地站在原地，內心卻在交戰。到底該前進還是後退？事到如今，我應該躲得遠遠的才好。

「對不起。」想了很久，我用自己才聽得到的音量說。

然後，轉身逃跑。

我不能留在這裡。

趕快走，在自己反悔以前……

——就算是那樣，也不能不管妳。

曾經的語調輕輕，深藏從不浮現悔意的溫柔。我愣一下，波濤洶湧的回憶襲捲而來，我想起曾有一個人，在我寂寞的時候這麼對我說過。他沒有逃離過，一次都沒有。

我心意一轉，再次往剛才的方向跑。他還沒有走遠，一跛、一跛……

「薛初凡！」

他聽見了，側過身的動作也遲疑了。那張闊別已久的臉容清晰映入眼底，那不是他該有的表情，憔悴哀戚，沒有陽光照耀。

才一陣子沒見……

我忍住眼淚，飛奔到他身旁，當我伸手扶他時，體溫從他的手臂傳了過來，彷彿他還是那個溫柔開朗的薛初凡。

不曉得該說什麼，我只好問他：「你的腳怎麼了？還好吧？」

他半天沒回應，直到我困惑看他，他才說：「扭到了。」

我暫時拋開尷尬，執意攙扶他。他先是沉默不語，後來才問：「妳怎麼這麼晚還在這裡？」

「期末考快到了，我留學校念書。」我不看他，忙著注意他的安全。

他表示理解，不再說話了。

「喂，你為什麼扭到？」

「我去國小的操場跑了幾圈，一不小心就扭傷了。」

「你沒事幹嘛去跑操場啊……」

他答覆的音調黯淡，「因為難受。」

「難受？」我抬眼，想問清楚：「你生病了嗎？」

然而，話問出口之後，我才驚覺自己有多遲鈍。

他還能為了什麼難受？

看我的表情，他覺得我也理解了，於是說：「原本只是想隨便跑幾圈就好，誰知道愈跑愈難平靜，一沒注意腳下，就扭到了。」

「為什麼這麼不小心啊……」我嘆息。聲音藏有太多感情，我連忙低頭，不去看他的眼睛。

「對不起。」他說：「我下次一定會小心。」

「……嗯。」我低聲說。

該說對不起的是我才對。

「雖然由我來說很沒有說服力，但是，妳的期末考要加油喔。」他突然提起這個，像是要舒緩話題。

「嗯，你也是。」

「我？哈，我都沒什麼在讀書啦……」他微笑，不是個發自內心的笑容。

我也沒辦法再勸他什麼，反正能畢業就好了。因為，我希望畢業那天還可以遠遠地看見他真心的笑容，即使不是對著我笑也沒關係。

話題又中斷了，我想趕快逃離這種令人窒息的氣氛，於是問：「你家在哪？我扶你到附近。」

「不用了，我坐公車回家，只要到公車站牌就好了。」

站牌就在不遠處，沒幾分鐘就走到了。分離的時刻再度來臨，之後，暫時不會再見到他了吧。我不是想改變之前的約定，只是，有點捨不得。

遲疑片刻，他還是說：「到這裡就好，妳快回家吧。」

但我看見他眼底的不捨。

「我怕你的腳不方便，還是我陪你回去好了？」

「妳是女孩子，早點回家比較好。」

「但你的腳……」

「回去，我會馬上處理。」

「就是怕你回家的時候會痛啊……」

「早就很痛了。」他說。

他早就被傷得很痛了。

我的心再度發疼，卻沒有資格感到悲傷，他受的傷，肯定要比我重得多吧！

看我無助的模樣，他只是拍拍我的頭：「這樣就夠了。」

我憂忡地抬眼，凝望他溫柔的神色。還是一樣，不論我多殘忍，那雙永遠為我擔憂的瞳孔都相同。

「知道妳會擔心我，就夠了。」

公車來了，他走上車，堅持不讓我跟。臨走之前，他說：「妳知道嗎？我很想告訴妳，別對我這麼好……」

「但是聽見妳說怕我會痛，我真的很高興……真的。」

他走了，直到再也看不見公車，我都還停留在原地。

才不夠。

我想要做的，不是擔心你，而是替你分擔那些悲傷的眼淚啊……

不出所料，期末考我考得一蹋糊塗。全世界都覺得我病了，我大概，也覺得自己病了。

放了寒假後，鄭豫凱還是繼續約我出去。我和他也相處了不少時間，但無論走過多少風景，我好像還是很想念那座山的景致。

聽鄭豫凱說，開學那天正好是情人節。那時，我想起薛初凡說過班聯會籌備了一個情人節活動。

當時我還瞧不起他，懷疑像他那樣無厘頭的人會辦出什麼活動來。不過，其實我有點期待，他那麼勤勞地約我，一定是要給我驚喜吧。

但，現在我也不能去了。

情人節，鄭豫凱一定會約我出去的。我連要不要答應都不知道，更何況是想這些有的沒的。

唉，怎麼做都不對。

我待在家裡，和雪橇大眼瞪小眼。最近似乎都沒看見姑姑，明明都放假這麼久了。

原本我以為，她只是像以往一樣公事纏身，但有天瑪姬面色凝重跑來通知我，我才知道姑姑病了。

聽說是在上班的時候突然昏倒，現在人還待在醫院。

在得知消息後，我和瑪姬一起到醫院探望她。病床上的人看起來不像我姑姑，一下子老了許多歲。她的氣色不是那麼好，據醫生說，是過度操勞的關係。

所以，當我進去探望她的時候，語氣還難掩怨懟。

「姑姑，早告訴過妳要休息的，為什麼要勉強自己呢？」

「唉，公司忙，也沒時間想這些，卻反讓自己生了一場大病。」

我拿她沒辦法，坐在床沿：「妳會在醫院待多久？」

「兩三天吧，醫生還要觀察我的狀況。」她輕輕嘆息，伸手碰觸我的臉，那樣溫柔，就像她一直陪在我身邊。

但姑姑總是丟下我，在公司為事業努力，家庭從來不是她的第一選擇。就算這個家庭不完滿，她也不能……每次都留我一人啊。

或許是心生委屈，我下意識躲開她的碰觸，讓她怔了一下。

「月見？」

「我沒事。」我離開床沿。

「月見……是不是在怪姑姑？」

我一抬頭，便撞見她那雙愧疚的眼眸。

「不是！」

恐懼感湧上心頭，我丟下這句話，便轉身衝出病房。門外，不想打擾我們的瑪姬還站在那裡，訝異地望著我。我沒有應付她接二連三的追問，逃離了那個地方。

不要對我露出那種眼神！

爸媽日夜的爭吵早就讓我不對家庭抱任何期待，直到姑姑領養我，我才燃起一線希望。但，這個希望卻又讓我再次感受到家的荒涼。

當姑姑好不容易才回家時，我比任何人都珍惜這個難得的時光。

就是因為珍惜，所以才害怕。

深怕她也會像爸媽一樣離我而去，我不敢說出任何可能會讓她傷心的話。但是剛才……剛才我卻說了那樣的話。

為什麼要愧疚？是不是準備丟下我了？或者她其實一點也不在乎我，只是因為不孕症的關係，想要一個孩子陪伴？

不管是哪個，我都不敢再繼續想下去。

我不想再被丟下了。

過兩天，當我再度回到病房，卻見到了意想不到的人。

「月見，最近好嗎？」

他是我爸爸，已經幾年沒見的爸爸。

他的容貌看上去健朗依舊，或許是在新家庭過得很幸福的關係。他和改嫁的媽媽一樣，各自展開自己的新生活。面對他，我無法情願地展露笑容，宛如他對我的問候不是真心的一樣。

但是，姑姑也在旁邊看著，我不願讓她討厭過度彆扭的我。

「還可以。」我回答。

「那就好。妳姑姑最近身體比較差，記得多照顧她，知道嗎？」他輕聲叮嚀。

「……」

為什麼要對我說「知道嗎」這種話？就好像我是他的附屬品一樣。他根本沒照顧到我，為什麼要這麼說？

說不上來的原因，我下意識地抗拒那些曾經拋下我的人。

爸爸並沒有待太久，兩小時後，他就回公司上班了。媽媽不一會兒也到了，沒有和爸爸照到面。她也對我問候幾句，和姑姑小聊一下又匆匆地走了。

又剩下我和姑姑兩個人。

我們都很有默契地不去提上次的事情。

然而，今天姑姑看我的眼神特別不一樣，她招我過去，問了一個讓我意想不到的問題：

「月見，妳會想爸媽嗎？」

我愣一下，不明白她為什麼要這麼問。

「又見到他們之後，妳會不會也開始想念妳真正的家了？」她的氣色漸好，卻顯露不該有的憂忡。

真正的家？

對我來說，什麼才是真正的家？

儘管在心裡這麼問自己，我卻沒有猶豫太久。我的誕生是來自於爸媽，但沒幾年後，就是由姑姑來照顧。就算她常常不在家裡，那也始終是我的家，所以……

「不會。」我說。

聽見我的答覆，姑姑像是放心許多。

「不過，為什麼要問這個？」

「因為我會擔心啊！」

她閉上眼，我卻彷彿能從她的眼底看見珍惜。我小心翼翼地凝視她，還不敢確定那份情緒。

「擔心妳一旦開始想念爸媽，就會想回去了。不管回的是哪一邊的家，都不會是姑姑這邊了啊！」

「妳希望……我永遠待在妳這邊嗎？」

「當然。」她笑笑，「雖然姑姑擔心自己給妳的還不夠多，不過我還是會繼續努力，這樣妳就會永遠待在這裡了吧？」

一瞬間，我睜大眼。

才不是那樣！

「我、我沒有要妳努力！」

她愣著，「月見……？」

我也不管了，看著她虛弱的身體，我寧願她聽了我的話之後傷心，也不想要她再繼續勉強自己。

「我才沒有要妳努力賺錢！我只是想跟妳一起過節，還有，每天晚上都能一起好好吃一頓飯！妳知道嗎？我每次聽見同學說她跟家人又去了哪裡，都覺得好羨慕，真希望我也能是那種幸福的孩子。」

「對我來說，物質生活那些根本不重要，我只想要家，只想要姑姑和瑪姬陪在我身邊，那樣就夠了！因為我已經孤單好久了……真的好久了……」

說到最後，我還是不爭氣地哭了。怕姑姑會難過？我根本比她還難過嘛！

姑姑就這樣看著我哭，沒多久，就朝我招手。我臉上還留著淚痕，慢慢地走過去。

「對不起，月見。」她突然說。

我恍惚抬眼與她對視。

「我知道了。我不會再讓妳孤單，相信姑姑吧，好嗎？」

我還能說什麼呢？

那一秒，我向前抱住她，第一次感受到屬於家人的溫暖。我當然會相信妳，姑姑，只因為妳是我最親愛的家人。

薛初凡：我說過，妳沒必要和別人比較幸福。總有一天，妳也會有屬於妳的幸福。因為，妳是個溫柔的女孩子啊。

章之十二 從開始到結束

喜歡一個人，需要多大的勇氣？
寧願承受失去的風險，也想承認愛上那個人的時候……
就會知道了。

姑姑已經先睡了，她明天就要出院，所以我叫她早點休息。站在門外等待時，我想起姑姑睡前說的話。

「對了，月見，妳昨天沒來的時候，妳學校的朋友有來病房送水果給我。」她說：「記得幫我跟妳朋友說聲謝謝啊。」

「朋友？」我愣了一下，是喬喬嗎？我有把姑姑住院的事告訴過她。還是鄭豫凱？上次他傳訊息約我出門時，我有告訴他我要來探望姑姑。

「嗯，那孩子說今天會再來，妳就幫我說一下不用麻煩了。」她笑了笑，「不過，月見，我很高興妳交了一些很好的朋友。那孩子啊，還真是溫柔呢。」

她說，那個人很溫柔……

她那麼說的時候，我想起了那片海的自由與寬闊。在那裡，他永遠張開雙手擁抱我，並且，讓我不自覺沉淪——

那天晚上，我還是留在病房外面等待，想證實我的預感。這個人沒有讓我等太久，片刻之後，我張開眼，直視面前這個人。

像是早就料到般，我對他笑了。

「我在等你。」我說。

他愣一下，臉上都是被逮到的窘迫：「已經被妳發現了啊……」

會這樣不說一聲就出現的，除了他還會有誰？

「出去外面說吧。」我轉身。

我們沒有走太遠，在醫院一樓的長椅坐下。

「是妳朋友告訴我的，她說妳的家人住院了。」他仰望夜空，心情似乎比那天好多了。

「誰？」

他思考一陣子，「喔！好像叫恰恰。」

誰是恰恰啊！

「原來是喬喬跟你說的。」我也不再刻意糾正，「她要你來探望嗎？」

「也沒有，她只是跟我說妳最近很累，要我再等妳一陣子。」

「等、等我？」

他點頭，那抹笑容有點疲憊，「可能……就跟我當初跟她說的一樣吧。」

——薛初凡告訴我，妳已經很努力了，請我再等妳一下。

我想起那件事，不自覺跟著他微笑。

「喬喬她真是的……」我看他，「不過，你怎麼會來？」

「我本來想來找妳的，但最後還是沒膽子出現。」他吐出一口氣，「不過，在我打算要走的時候，想起了妳家人的事。妳說過吧？妳唯一的家人是姑姑。我也希望她能早點好起來。」

「所以，你就去送了水果嗎？」

「嗯，本來只有請護理師轉交，不過不小心被妳家幫傭看見了。」

瑪姫？唔，她什麼都沒跟我說……

「她認出你了？」我問。

他點頭，「所以，她就把我帶到妳姑姑面前。月見，妳姑姑真是個溫柔的人。」

這是他見過姑姑的感想嗎？我不知怎地有點難為情，「嗯……我知道啊。」

而且，薛初凡，你也是個溫柔的人啊。你知道吧？

「……妳和他還好嗎？」他忽然問。

「你是真的想聽嗎？」

他嘿嘿一笑，「被妳猜中了，我一點也不想聽。」

那幹嘛問啊？

「但我想試試看，聽了這些我還會不會難過。」他說。

我沉默了一下，開始講鄭豫凱的事。在鄭豫凱說要試著和我相處之後，他的確約了我不少次。而且，沒有薛初凡的日子，他要接近我簡直容易得多。在和鄭豫凱共有的時間裡，我們去的地方不算少，相處的機會也很多。不過，真要說有什麼能講的，好像也就只有一些平凡的小事而已。

我平靜地說，薛初凡就平靜地聽，這完全不像聒噪的他。或者該說，自從那天起，他就不再是原來的他了。

「喂，他有沒有親妳？」等我說到一個段落，薛初凡突然問。

我嚇了一跳，想起聖誕夜的那個吻。當然沒有啊！可他一定要這麼問嗎？難道他忘記自己做過的事？

「沒有啦！」我的語氣有點驚慌。

「為什麼沒有？」他疑惑。

「我哪知道？沒有人這樣問的啦！」我瞪他，臉頰倏地竄紅。

「那，妳希望他親妳嗎？」

我像是被閃電打到，全身抖了一下。他是怎樣？問這些有事嗎！

「你不要再問了啦！」

但他還不放棄，「說啦，我真的很想知道。」

「你知道這個要幹嘛？」

他沒有回話。

風吹起他額前柔軟的髮，鑲在底下的明瞳也更耀眼了。我還沒反應過來，他已經挨近我，停在我眼前，離我的臉才一個手掌的距離。但他什麼也沒做，只是看著我，深深地看著我。

「因為我還喜歡妳。」

我睜大雙眼。接近他，比待在鄭豫凱身邊還讓我悸動。

「雖然妳叫我別和妳見面，但我還是克制不了，一次又一次地跑來，卻只能躲得遠遠的。我好想像以前一樣，什麼也不顧地抱住妳，直接對妳說我想妳，但是……」

他的聲音宛若毒藥，明知道不該再碰觸，卻情不自禁地聽下去。

「妳是他的女朋友。」他說。

「我、我不——」我想反駁，但當我看見他憂慮的目光，就止住了聲音。現在不是時候吧？現在，我什麼都還沒做。

他沒發現我的掙扎，繼續說下去：「月見，我太高估自己了。以為已經慢慢釋懷，但在聽見妳說妳和鄭豫凱的事時，我還是覺得好難過，難過到恨不得什麼都不管，就這麼一睡不醒算了。」

他的話似乎還沒說完，卻已經放開我，靜靜地站起身，又是一個人走。

我害怕他離開，恐懼的心情油然而生。

「你、你要去哪裡？」我追上去。

他回頭，透明的眼神像在詢問：「妳要來嗎？」

我凝神注視他被路燈照耀的影子，倒映在地上，孤清又綿長。我想看見他的溫暖，想讓他的笑容盛放，也想自私地再感受所有。

若不是深知自己還有牽絆未了，我寧願就這麼跟他走了，也沒關係。

我們去了學校附近那家麵包店。我不懂，為什麼他要在半夜帶我來這，麵包店已經打烊了啊。

我看了看拿出塑膠提袋的薛初凡，等他給我一個解釋。

「我看看……啊！果然還在。」他微笑，邁開步伐往店門奔去。

我納悶地跟上，看他蹲在店門口。

「你到底在幹嘛？」

「只是在做妳以前做過的事。」說完，他讓出一個位置，我看見一隻白貓躺在那裡。

咦？那是我那天餵過的貓！

「牠一直都沒走啊？」我驚奇，也跟著蹲下。

白貓似乎已經習慣薛初凡的餵食，吃罐頭吃得津津有味。才一陣子沒見，牠有精神了許多，也變胖了。

「沒走。」他繼續餵。

「喂，你到底給牠吃多少？變這麼胖。」

「本來是想到才會去，但看牠好像很喜歡我，就幾乎天天去了。」

少自戀了。貓是喜歡你的「食物」，不是喜歡你。

薛初凡側過頭看我，調皮地問：「月見，如果我天天餵妳吃東西，妳會不會喜歡上我？」

我被他的問題弄傻了，半天沒應聲。

「咦？妳怎麼沒罵我白癡啊？」

「因為……」因為我好像已經喜歡上你了。

所有的不捨、眷戀、悸動，都只是因為我喜歡上他了。我早就察覺了吧？只是不願承認。

看見他難過，我會比他更難過。

看見他快樂，我會想一輩子擁有那個笑容。

但，我從來沒有停止傷害他，現在的我，還來得及告訴他嗎？

「因為什麼？」他問。

「因為……你自己知道就好。」我別開視線。

「哈，妳說白癡嗎？也是啦。」他輕聲附和，低下頭看那隻貓。

白貓已經把罐頭吃完，躺在地上動來動去。看牠討喜的樣子，我脫口而出：「這隻貓跟我家雪橇好像喔。」

「妳家有養貓啊？」他很有興趣。

「對啊，一樣是白色的。在二樓，所以你沒見到。」

「妳也有養，那……」他回頭望住那隻貓，出神的目光停頓許久。突然，他抱起那隻貓，白貓也沒有抗拒。「決定了！我要養這隻貓！」

啊？這麼快就決定好了？

「月見有養貓，我也想養貓。」他說。

雖然養一隻貓不是壞事，不過他幹嘛學我啊？

「喂，你是真的想養嗎？」看薛初凡輕快地抱著貓起身，我嚴肅地問。

「是啊！」

「你可不要養到一半又不要牠了喔！」這種事我看多了，許多人對養寵物根本是三分鐘熱度，熱潮過了就棄養寵物。

「妳不相信嗎？」他回頭看我。

他那麼認真，認真得像是在說別的事。我接下了他的視線，卻沒有繼續探究的能力。

我……當然相信你啊。我相信你一直對我全心全意，相信你會不離不棄。

我啊，是不是該對你坦白？

「喂，薛初凡。」

他聽見我叫喚，納悶回頭。

「如果我說……」

如果我說喜歡你怎麼辦？

話到嘴邊，我還是沒說出口。我很氣自己，但現在就告訴他的話，情況還是不會變。鄭豫凱也在等我吧，我應該要好好告訴他才行。

薛初凡看我一臉低落，不解地追問。我凝視他素淨的面容，還是只說：「沒事。」

如果我也能像他一樣坦然就好了。像這個溫暖的男孩子一樣，始終表達最真的心情。

後來，薛初凡堅持陪我回醫院，時間已經很晚了，我想叫他早點回家，但他不肯，說要待到自己想離開為止，還叫我先去睡。

「你不要以為自己是男生就不危險！」以薛初凡這種類型來看，我懷疑他有可能會被變態大姐姐給拐走。

「那我就在這，不回家了。」沒想到他這麼說。

「喂！」我生氣地瞪他，「你快點回去啦！再幾天就要開學了，不早點睡怎麼適應？」

「所以，月見妳快去睡吧。」他仍然不打算走。

「……」我只得再陪他一陣子。

他說起開學那天的情人節活動，內容是什麼他還賣我關子，只問我會不會和鄭豫凱一起參加。

「應該不會吧。」我想，如果確定自己不再喜歡他，也該找時間跟他說清楚了。

「為什麼？保證很好玩的！」

「就是不想去啦。」

「活動分成兩個部分，一個是為情侶準備的，另一個是為單身的人準備的。我這樣說了，妳還不想去嗎？」

「幹嘛一直要我去？」我質疑。

「那是我辦的活動，一直很想讓妳參加。」他頓時傷感起來，「不過，妳和他會參加情侶那邊的吧……」

我很心虛，只好轉移話題：「算了啦，你以後還會辦很多活動，又不只這一次。」

「但我原本……」

「什麼？」

「沒有啦。」他看起來很沮喪。

雖然不懂他在想什麼，但我確定自己不想去：「活動是在午休辦吧？那時候我會在教室乖乖睡覺，你就好好加油吧！」

「我知道了。」他嘆息。

我抬頭看一下漆黑的天，「喂，你還不回去嗎？」

「不要。」他任性得很。

「天啊，你為什麼不回去？」我已經想睡了。

他摸摸懷裡白貓的頭，若有所思地問：「月見，妳知道為什麼這隻貓一直待在麵包店門口，都不離開嗎？」

「為什麼？」我很想知道。

他對我一笑。雖是在夜裡，我仍然看得見他深藏的溫柔。處在黑夜，卻更為明亮，像是執著地想照耀什麼。

「因為牠捨不得啊！」

然而，在給我答案的同時，他也給了我駐足此地的原因。

之所以不離開，只是因為捨不得。

開學這天剛好是情人節，一早就蔓延甜蜜的氣息。雖然我們學校也很保守，不鼓勵戀愛，但小情侶還是很多。我們班甚至還有班對，從他們坐在同一張椅子上的舉動就看得出來。

而我呢，雖然過得很平靜，但我也察覺到了，鄭豫凱來找我的次數比以前更多。後來，我才知道他來找我的目的。

「聽說今天中午有活動，妳要不要跟我去？」他顯然也聽說情人節活動了。

我本來在寫作業，抬頭婉拒了：「嗯……我對活動沒有什麼興趣，可能不會去吧！」

「是嗎？」他若有所思，「我有朋友也在班聯會，他們說辦得很棒，真的不去？」

聽到班聯會，我不自覺地想到薛初凡。一想到他看見我和鄭豫凱走在一起會難過，我就更覺得自己不能去。

「抱歉，還是不了吧。」我搖頭。而且，我也得想一下自己該找什麼機會和他談談。

鄭豫凱聽了，整個人靠近我，用左手輕攬我的肩。我愣一下，倉皇地抬頭看他。

「妳是不是怕看見他？」

被料中了，我嘆息。「嗯，算是吧！」

「妳怕他難過？」他進一步猜測。

「……」

「如果是那樣，我們在外面看看就好怎麼樣？」

「咦？」

「這樣他不會看見妳，就沒關係了。」

「但是……」

鄭豫凱收緊攬住我的手，我感受得到他亟欲表達的心思。再拒絕下去，也有點刻意了。

「我還是很想跟妳一起過情人節。」

「……好。」他都這麼說了，我也只好答應。答應的同時，我也在心裡默默地下了一個決定。

是時候結束了。

午休開始的時候，幾乎沒有人留在教室，全都跑去活動中心了。我也和鄭豫凱一起去了，但沒有靠舞台太近。隨意望過去，我發現站在舞台上主持的人不是薛初凡。他人呢？不是會長嗎？原來主持的不是他啊！

摸不著頭緒，我只好跟著鄭豫凱繼續往前走。後來，我們開始稍微往舞台靠近，我小心翼翼地在人群中觀察，還是沒有發現薛初凡的影子。他不在也好，我上次還說了不會來，如果被他看見，肯定會怪我說謊吧！

鄭豫凱看我心不在焉，就關心地問我怎麼了。

「嗯……這裡人好多，我覺得好擠。」我為難地說。

他思考了一下，「那妳要出去嗎？」

「我有點想出去。」他應該覺得很掃興吧！

不過，我不想在這裡停留了。總為薛初凡提心吊膽也不是辦法，不如找個地方坐下來，好好跟鄭豫凱談談。

這次他答應了，還主動拉著我的手走出去。

我們走出活動中心，空氣也變得流通許多。情人節活動已經開始一段時間了，人潮卻還是一波一波地湧進去，可見班聯會也把活動辦得挺不錯的。也是！會長是那傢伙，無厘頭才能想出更多創意吧！

「月見，妳好像有心事。」

我還在胡思亂想，就被他的一句「月見」給怔住了。這是他第一次呼喚我的名字，如果是以前，我肯定會又羞又開心。可是，時間好像走得很快，有很多事情都變了。

或許，我從來沒主動跟他告白過，所以才無法結束這場單戀。至於現在，是不是單戀，對我來說已經沒有差別了。

「嗯，因為我有話想對你說。」我正視他。

「嗯？」他的眼神透著溫柔。

我想起這條路，也走了一年多之久。他的確給了我生活的動力，也為我孤寂的心帶來跳動的理由。可是，我終究也只是看著他，在他替我說話時流露感激之情。

直到遇見薛初凡，我才明白我也能為自己而勇敢。我明白我是可愛的，明白自己原來，也有深愛自己的資格。

但，我不會因此抹殺鄭豫凱對我的好。正因為他對我好，所以我才必須認真地回應他。

「鄭豫凱，我曾經真的很喜歡你。」

他一愣，沒有說話。

「你為我做很多事，我都知道。甚至，在我們還沒那麼熟的時候，你也不會像其他人一樣對我那麼壞，還會在暗地裡幫忙我。」我深吸口氣，「對，我真的很喜歡這樣的你。雖然你不高調，但你做的這些事影響了我很多，讓我即使身在一個討人厭的班級，也還能慶幸你在班上這件事。」

「我以前是比較膽小，不敢站出來為妳講話，但現在不一樣了。我現在可以做更多，以後也會對妳更好。」他似乎明白我想說什麼，急著打斷我，「可是妳，為什麼像要跟我道別一樣？」

「不是要道別！」我澄清：「我只是想跟你說清楚。你問過我吧？要不要跟你在一起這件事。現在，我就是來回答你的。」

「……意思是，妳現在不喜歡我了？」沒料到，他直擊核心。

「我……」

他輕輕抓住我剛才放掉的手，「還是，妳喜歡我，只是對薛初凡愧疚？」

「不、不是！」我用力搖頭。

怎麼會是愧疚？我看著他的臉，心也就軟了。我很想念他的懷抱，也很想和他在一起。就算他現在不一定會接受我，我也想把這段糾纏的感情好好結束。

這樣，才對得起所有人。

想得夠清楚了，我正要開口回答，鄭豫凱卻在這時轉頭，面對另一個方向。

薛初凡就站在那裡，出神地守望鄭豫凱跟我緊緊相牽的手。當空氣靜下來，我突然無法反應，連一句解釋都說不出口。

三個人，沒有人出聲。

彷彿有一陣黑色氣流闖入我們之間，捲走呼吸，捲走空氣，捲走聲音……

薛初凡的臉上沒有笑意，只有強忍的表情。而我，深怕自己再多說什麼，就會失去那些最不想失去的。下意識，我抽出被鄭豫凱牽住的手。

那一刻，薛初凡動了。

他朝我走來，昔日雪亮的瞳孔染上一層灰暗。我猜不透他在想什麼，也不知道該不該攔住他。明明是再短不過的距離，他走過來的時間卻像有一輩子。這輩子，如果我們都錯過，那該怎麼辦……

可是，他沒有停下腳步。我以為他想說什麼，但他卻在下一秒，沉靜地走過我身旁。

擦肩而過。

「薛……」

我睜大雙眼，動也不動地站在原地。薛初凡毅然離去的氣息，比冬天的溫度還要冷。他的哀傷，像是真正的道別。

別離開……

一陣疼痛蔓延至我的胸口，我深深倒抽一口氣。我幾乎感受不到鄭豫凱輕拍我背的那隻手，我在乎的，就只有薛初凡離開我身邊的酸楚。

我確定了。

深深地確定了薛初凡在我心目中的地位。

「妳還好吧？」鄭豫凱出聲。

「對不起。」

「什麼？」

「我說，對不起。」我凝望鄭豫凱。

「為什麼要對不起……」他怔忡，流露難得一見的慌張。

我知道，你已經明白了。

這走心的初戀，停在這裡，也算是美好的結果吧。

「鄭豫凱，對不起，我不會跟你在一起。」

那一刻，好像什麼都有了解答。他們的溫柔，一直都提醒著我，正視內心的感受並沒有那麼難。

你們都做到了，而我也是。

我也是，很勇敢地說出來了呢。

「是我沒早點告訴你……」我說。

我想，鄭豫凱要承認自己喜歡上我，也需要很大的勇氣吧！而我卻浪費了這樣的勇氣，也辜負了他的珍惜。

「不……」他前進一步，輕柔地摸摸我的頭：「是我才對。」

「咦？」

「妳還喜歡我的時候，我也知道妳的心意。可是，我卻沒有早點告訴妳。」

他一直都知道我偷偷喜歡他。

我的暗戀，從來就不是孤單的。

「薛初凡，真的被你捷足先登了啊。」最後，他露出一弧無奈的笑痕。

但，薛初凡已經走了。他為我盛放的笑臉，終於背對了我。

唐月見：我結束了過去，才能迎頭趕上你的未來。可是，會不會我再也追不上你了？

章之末　溫柔的你啊

我很膽小，也很害怕失去你。可是，溫柔如你，始終在原地等著我啊。
而我，就像在夜晚盛放的月見花海，第一次鼓足了勇氣……在黎明到來之前，
描繪未來。

我曾經以為自己是寂寞的，也從未想過有一天能改變。

然而，被同學排擠的我、被家人冷落的我、總認為暗戀不會有結果的我……

全在那一天被他推翻了。

要是沒有遇見他，我不會有改變的勇氣；要是沒有遇見他，鄭豫凱可能也不會這麼早就坦承對我的感情；要是沒有遇見他，喬喬和我的友誼不會在出了嫌隙後，更相知相惜。

要是沒有遇見薛初凡——我永遠也不會發現，原來一個人可以在心上烙印那麼深的痕跡。

我到底迷失多久了？

想學習薛初凡的坦率，卻怕做不到，一直以來我都是用這種想法逃避的吧！

離開鄭豫凱身邊，我沒有馬上回教室，而是掉頭走進活動中心。舞台上的情人節活動告一段落了，我仰望那些情侶，看他們一起走下階梯，幸福得像是得到全世界。

結束了，情人節落幕了。

離開的他，是不是也不回頭了呢？

薛初凡……現在，你還會聽我說嗎？

「各位同學！你們該不會以為情人節就這麼結束了吧？」

穿透心靈的能量隨著麥克風擴散，我猛然回頭，怔忡凝視舞台上那抹再熟悉不過的人影——

薛初凡！

他為什麼站在那裡？

聽見他的聲音，許多人紛紛停下腳步。大部分的學生都認出來了，手拿麥克風的大男孩就是班聯會會長。

「情人節不只是情侶能慶祝的節日！我反而認為單身的人才是最適合過情人節的。如果能在這天找到自己的另一半，那不是再幸福不過的事嗎？」

這番話引起現場的迴響，有個男生舉手發問：「你的意思是活動還要繼續嗎？」

薛初凡對他一笑，「沒錯！接下來，班聯會籌備已久的告白大會正式開始！」

話一說完，會場開始播放情歌，工作人員也陸續上台，鼓勵大家勇敢表達自己的心意。

底下頓時湧現一陣尖叫聲。

「告白大會？」

「這種活動我聽說大學才有耶！」

「哇，好浪漫！」

薛初凡沒有改變笑容，大肆宣揚：「這種福利只有我們學校才有喔！情人節活動師長都不在，誰有心儀對象卻還沒修成正果的，拿出勇氣上來表白吧！再不快的話，校長被吵起來就來不及囉！」

我不自覺地彎起嘴角。他風趣的個性還是沒變呢！

但，他的笑容是真心的嗎？明明對我露出那麼絕望的表情，現在卻像個沒事人一樣。還是，他已經決定不在意我了？

後來，有人鼓起勇氣上台了。這位搶頭香的男生雖然漲紅了臉，但還是激動地喊出女主角的名字。台下的人歡欣鼓舞，用尖叫聲替他助威，讓我差點聽不見他的聲音。

「張雅菁，我喜歡妳！」

最後，這位頭香男成功了。

我感到不可思議，相信其他人也這麼覺得。不過，既然有了成功的先例，上台告白的人潮頓時暴增。

「恭喜你脫魯啦老兄！」身為主持人的薛初凡笑嘻嘻地說：「哇，這麼多人想表白，希望情人節結束後，情侶也可以多幾對喔！」

在人群中他是看不見我的，可我還是一直盯著他看，在心裡偷偷祈禱那雙愛笑的眼睛能看看我，還給我過去的溫柔。

告白大會讓全場陷入狂熱，當然，有成功在一起的戀人，也就有失敗的可憐人。那時候，薛初凡除了安慰那個人以外，也會送一盒巧克力給他，好讓他別太難過。

活動進行了很久，雖然被人潮擠得不大舒服，但我一點都不想離開。

還沒修成正果？那我是不是也該上台告白啊？

我笑了，怎麼可能？這種場合我一點也不擅長。

這時，有個正妹上台了，她是第一個參加告白大會的女生，許多人在台下嘶吼，替她打氣。我雖然不知道她的對象是誰，卻也在心底默默為她加油。

那張白皙的臉很紅，她捧著一束鮮花，好一會兒才羞澀地開口：「雖然站在這裡表白是件難為情的事，不過，我暗戀這個人很久了，想藉由這個機會告訴他，也希望他能給我一個機會。」

女孩深吸一口氣，在眾人都以為她要開始表白之際，她轉向了面帶微笑的薛初凡，用極度認真的目光凝視他。

我的心口好像被什麼壓住了。

薛初凡似乎也意識到了，他漸漸斂下笑容，一言不發地注視那女孩。

該不會……

「薛初凡，我喜歡你很久了。」此話一出，所有人都愣住了。

薛初凡沒有回話，他靜靜地注視遞上花束的女孩。看見這浪漫的場景，我覺得心口愈來愈難受，連吸入的空氣都是酸的。

就算早就知道那傢伙很受歡迎，但是……

為什麼要在我面前上演這種戲碼？

為什麼薛初凡還是不講話？難道準備答應她了嗎？

「請你收下。」女孩的聲音是顫抖的。

然後，我眼睜睜地看著薛初凡收下那束花，並對她露出笑容。

為什麼？

為什麼……

台下觀眾出聲鼓譟，好像她已經是薛初凡的女朋友一樣。我動也不動地盯著薛初凡，看他似乎對女孩說了什麼話。我什麼也聽不見，耳裡充斥的只有忌妒的聲音。

你忘了嗎？

薛初凡，你明明說過的……

「謝謝妳。」拿起麥克風，薛初凡這麼說。

明明說過喜歡我，為什麼現在又對她笑得那麼燦爛？

女孩搖搖頭，「我知道喜歡你是很值得的一件事。」

難道我就這麼容易被你放棄嗎？

薛初凡還拿著那束花，把麥克風拉遠，嘴裡不曉得在說什麼。俊秀的容顏時而溫柔，時而愉悅，像是舞台只容得下兩個人，再加上……

「會長！正妹耶，快點答應她啊！」

「會長也一直都沒女朋友不是嗎？」

「人帥真好！學校直接發女友！」

沒有人知道我的心聲，也沒有人會為我講話，彷彿她鼓起勇氣上台，他們就註定該成為一對……

我握緊雙拳。

才不是！

我才不想要這種結局！

我明明很喜歡他，我明明就知道！我還在猶豫什麼？就算他想和我道別，也要把我的心意聽進去才行！

我向前跑，奮力地在人群中擠出一條路。有人被我撞開，也有人看見我臉上的決絕。可是，這些都不重要，重要的是——

那一刻，他好像看見我了。

手上的花束，倏然落地。

「……月見？」他圓睜雙眸。

重要的是，我要你看見我的眼中，就只有這麼一個溫柔美好的你啊！

「薛初凡！你這個大笨蛋！」

眾人循聲看過來，都為我這個半路殺出來的女孩子感到驚奇。

我喊得好大聲，但我不想管了，什麼都不想管了。我直接從那女孩的身邊走過，還拿起放在椅子上的麥克風，站在離薛初凡有一段距離的地方，用倔強的眼神看他。

「我來找你了。」我拿著麥克風說。

他過一會兒才回神，還往前走了幾步。

「別、別過來！」不想讓他看見我燒紅的臉，我將頭微微低垂，看他聽話地停下腳步，才說：「我現在要說的話，你給我仔細聽好。」

「……」

我深深呼吸，抬頭：「我不想看你離開。」

此話一出，台下發出更大的鼓譟。

薛初凡整個人呆住了，那雙眸子滿溢透明的純真。

「我知道，你一定覺得我很討厭，為什麼明明就把你從身邊趕走了，還想回來找你！可是，我必須回來找你！如果沒有的話，我……我會後悔一輩子！」

他注視著我，瞳孔陷入迷茫。

我掏空身上的所有勇氣，在全校的注視下繼續對他說：「其實，我告訴過自己不該在意你，這些日子以來，我告訴自己好多次了。可是，就算不想承認，你還是很狡猾地讓我沒辦法忘記你！你這個傢伙，明明就是個笨蛋，還總是神出鬼沒，又很愛吃醋，但是……但是我……」

說到這裡，我又想起薛初凡在走廊上第一次喊我名字的那天。那時候的他，就像風一樣從容輕盈，沒有預兆地闖入我的世界，多麼耀眼啊。說不定，我在那個當下就已經被他透明的目光吸引了。那時，我是真覺得自己配不上他；但，是他提醒了我要喜歡自己，並成為眼中最好的那個我。

薛初凡，現在的我……是不是有資格喜歡你了？現在，你看著我的眼睛……

雖然害怕失去你，但，我是笑著看你的啊。

「或許，你不會相信這些話，大概又想說我不是月見了吧！但是，薛初凡，我想讓你知道……」

能被他喜歡，是我這輩子最幸運的事。

所以，我也想讓他知道，能喜歡上薛初凡這個人……

「我喜歡你！而且，喜歡你的我……真的很幸福！」

這樣的坦誠，沒有虛假，確確實實地傳遞給他了。

薛初凡不改稚氣模樣，還傻傻地杵在那裡。那雙迷失的瞳孔逐漸炙熱，一向素淨的面容在此時泛起淡淡的紅，彷彿被注入了活力。

然後，他邁步向我走來。

「等一下！」我再度喊住他，不准他過來。「你先給我說清楚！為什麼要收下花？是想放棄我的意思嗎？你說過只喜歡我一個，為什麼要放棄？你知道你害我很難過嗎？」

「我從來沒放棄過妳！」他鏗鏘有力的一聲，打斷我的忌妒。

「……」我愣了愣。

「打從我喜歡上妳的那一刻起，我就沒有放棄過！妳一開始就喜歡他，我有放棄嗎？我害妳和朋友吵架，明明知道放手對妳最好，但我選擇放棄了嗎？」他不斷反問我，也不斷加深他在我心上的重量，「還有，妳最後還是跟他在一起了，雖然妳叫我走，但我有說過要走嗎？我很難過沒錯，可是，我才沒有要放棄妳！」

他的字句宛若鐘聲，在我心房敲響每個溫柔的部分。

「妳說過，我是薛初凡，我應該能放下妳才對。但我很清楚，就因為我是薛初凡，所以我才永遠都沒辦法做到！我喜歡妳，比妳想像中喜歡，這種感覺是絕對不會變的。月見，妳能相信我嗎？這次，妳能不能好好信我一次，永遠都不要忘記？」

我才不會忘記。就因為是你，我才永遠都忘不了啊。

帶著淚光，我望著那令人動心的容顏，終於微笑點頭。

不再有我的阻攔，薛初凡用他畢生最快的速度朝我跑來。當他站在我面前時，我以為他會牢牢抱住我，但他沒有。他深深地凝望我，在他熱切的注視下彷彿連心靈都變得透明。

有件事……我一定要告訴他。

我把麥克風拿遠，輕聲說：「……薛初凡，我沒有跟鄭豫凱在一起。」

他有點驚訝，極深的雙眸微睜。

「那是騙你的。我……好好地結束了我的初戀，然後，用力地追上你了。」我深吸一口氣，將不小心流下的淚胡亂擦去。「所以，你可不可以原諒我？這陣子，我也很想你，也很傷……」

他沒等我把話說完，就向前捧起我的雙頰，毫無猶豫地吻上我。這時，台下的觀眾才齊聲爆出震耳欲聾的歡呼。而那個被冷落的女孩，不知道什麼時候下了台。雖然我對她有點抱歉，不過呢……

對不起，就只有這個人我不能讓給妳。

我們慢慢離開彼此，在他的熱切注視下喘了口氣。我還在整理瀕臨爆炸的心跳，但他沒放過我，摟著我的後頸又吻了上來。這是個沒有壓抑的吻，溫熱深刻，彷彿幸福的開端。

原來我們早就該幸福了。

我閉上眼，任由這份溫柔住進我孤寂已久的心房。從這裡，到那裡，執著的他不再守候我的背影，倔強的我不再傷悲他的遠離，只要牢牢握緊彼此的手，就不會寂寞了。

聽說，我在告白大會對薛初凡表白的事，全校都知道了。

聽說，薛初凡在舞台上眾目睽睽地吻我的事情，全校也都知道了。

聽說，我們在情人節公然在一起的消息，全校更是都知道了。

所以，當我們回到教室的時候，教室裡的同學叫得一個比一個還大聲。我很羞愧，也很想一拳打飛薛初凡，然後再撞牆自殘。

天啊！我到底在幹什麼？我的人設都崩壞了！這麼高調的我才不是我啊！

「我不想進去了……」我將頭靠在窗邊，整張臉熱到不行。

「不然，我陪妳進去吧？」薛初凡靠近我耳朵說。

「你又不是我們班的！」我害臊地推開他。

「有什麼關係，他們應該也很樂意。」

我絕對不會給他們亂問的機會！

「反、反正你快點回去你們班啦！」我用力推他。

「我才不要，誰想在這種時候跟妳分開？」他回身，給我一個緊實的擁抱，教室裡馬上又傳出尖叫聲。

他是想讓我害羞到死嗎？

大概是不甘心只在教室看，很多人走了出來，纏著我們問東問西。

「唐月見，妳最近跟鄭豫凱那麼好，我還以為你們在一起耶！沒想到竟然是薛初凡啊？」

糟了，我不知道該怎麼回答。而且，在薛初凡面前說這些不好吧？

不過，他本人好像不怎麼在意，只是開口幫我說話：「我相信月見不會劈腿，你們別提他了啦。」

「如果是以前，我可能會覺得她劈腿，但現在……」那人停頓了一下，露出不好意思的笑容：「我已經知道她不是那種女生了。」

以前？現在？

難道他們以前除了說我是報馬仔之外，還覺得我對感情不專嗎？

想起來了，他們似乎也叫過我「酒店妹」和「婊子」，當時我還以為是亂叫的，沒想到他們真的有誤會什麼嗎？

「你們到底為什麼要對她那樣？」薛初凡不滿地問。

「因為我們聽到班上的傳言啊。」那男生搔搔頭，「高一的時候，林姵媛曾經拿幾張照片給全班看過，我們才會覺得她是不檢點的女生。」

「什麼照片？」我追問。

「呃……」男同學有點為難。

見狀，薛初凡搭上他的肩，笑咪咪地說：「快說吧！不會怎麼樣的。」

其實薛初凡想說的應該是「快說吧，不然你就會怎麼樣」才對。

「她拍到唐月見去酒店。」

酒店？我睜大眼。

難道是……

「酒店？」薛初凡看我，「怎麼可能，她認錯人了吧！」

「林姵媛說妳在裡面兼差酒店妹，所以我們才會不想跟妳來往。」有人補充。

「不過，鄭豫凱上次說的那些話也有道理。我們只是聽了林姵媛的片面之詞，就認定妳是這樣的人，現在想想，對妳也太不公平了。」

「那些照片在哪？」我想求證。

「我也不知道，你們可能要問林姵媛。」

我往教室裡面看，沒有發現她的蹤影。

「她剛才就不在教室了。」男同學說。

「一定要把那傢伙找出來！」薛初凡義憤填膺，往走廊另一邊走。

「你想去哪裡找？」我被他拖著走。

「哪裡都好，反正我一定要好好教訓林姵芳。」

呃，好。

我拿他沒轍，只好在附近隨意找找。後來，我們發現她了，林姵媛站在樓梯轉角，好像在跟誰說話。

「把手機給我。」鄭豫凱說。

「為、為什麼要給你?她本來就是那種人，再看幾次也不會改變！」林姵媛語氣慌亂。

「既然是妳認為的那樣，為什麼不敢給我看照片？」

「我……」

正當我想暗自觀察情形再打算時，薛初凡那笨蛋卻衝了過去。

「喂！林姵芳！」

兩人同時轉頭，一個面無表情，另一個臉都綠了。

喂，想算帳，至少也要先記住對方的名字吧……

「妳為什麼要誣賴月見？照片在哪裡，快點把手機交出來！」薛初凡正氣凜然。

林姵媛更慌了，語氣結巴：「我沒有什麼照片，早就刪掉了。」

「那為什麼我剛才看到妳準備要上傳到校板？」鄭豫凱逼問。

「沒有！」她還在狡辯。

被兩個男生夾攻，她平時的氣焰都消失了。我走上前，叫薛初凡別再說話。他雖然不服氣，但在發覺我的認真後，也乖乖閉嘴了。

「林姵媛，為什麼妳會說我去酒店？」

「妳明明就去了，是妳不承認吧！」

「嗯，我是去過。」

此話一出，薛初凡和鄭豫凱都呆住了，連林姵媛也是。真好笑，明明是她一口咬定的，為什麼現在一臉慌亂的樣子？

「但，我會去那邊是有原因的。」

「什麼原因？」鄭豫凱問。

我看向他們三人：「我姑姑在商業行銷公司工作，有時候也需要去酒店和客戶談生意。那天，她忘記帶文件，我只是幫她把文件拿過去而已。」

聽我說完，他們才恍然大悟。

「不過，鄭豫凱……這件事你早就知道嗎？」我看他。

「嗯，我知道，但我沒看過那張照片。」他回答。

「那你之前怎麼都不說？」

「我相信妳啊！」他笑。

薛初凡不是滋味地拉我退後一步，好像在吃醋：「我也相信月見啊！你不把事情告訴她，要她怎麼向其他人澄清？」

「所以，我現在才會找上始作俑者。」鄭豫凱再次轉向林姵媛，用銳利的眼神直視她。

「妳、妳騙人！」林姵媛一激動，居然把手機拿出來，指著相簿的其中一張照片，「如果妳只是幫妳姑姑拿文件，為什麼這個男生還會攬著妳的肩？」

靠近一看，那張照片上的我，的確被一個男生親暱地攬住肩。

「這是誰？」鄭豫凱納悶。

我笑了，原來誤會就是從這裡開始的，「這個人，是我堂哥啦！」

「堂哥？」林姵媛張嘴。

「對啊！我堂哥在姑姑身邊工作，身為她的助理，當然陪她一起去談生意啊！」

誤會解開了，所有謠言都是林姵媛自己的想像。而我，這些日子以來被她的天馬行空害得好慘啊。

「都說到這裡了，還不相信嗎？要不要找我姑姑求證？」

「妳……」林姵媛緊咬下唇。

「喂，妳誣賴她這麼久，不道歉嗎？」薛初凡嚴肅地問。

「為什麼要道歉？像妳這種人，我最討厭了！」她氣得發抖，「總是自以為清高，明明沒做什麼，薛初凡和鄭豫凱卻莫名其妙地圍著妳轉，真是讓人搞不懂！妳到底哪裡好了？」

「月見她才不是什麼都沒做。」

我愣一下，看薛初凡走上前，神色凝重，是那種總為我說話的模樣。

「妳看見她的努力了嗎？在她因為妳被全班討厭的時候，她承受多少壓力？普通人要是遇到這種情況，早就不來上學了！何況她也沒有把被排擠的事告訴老師，而是選擇一個人承擔！這些妳都看到了嗎？在說別人沒有努力之前，先想想自己到底做了什麼過分的事吧！」

他的教訓是認真的，即使是好強的林姵媛，也無法反駁。

看她沉默的樣子，我也不想追究了，於是我拉過薛初凡，「好了啦，我們走吧。」

「我要叫她把照片刪掉，誰知道她會不會又到處散布？」薛初凡不肯。

「交給我吧。」鄭豫凱突然說。

我們遲疑，看他微笑：「我會幫妳澄清的。你們就別繼續待在這裡了，也給她時間冷靜吧。」

「嗯，謝謝你！」我同意，拉拉薛初凡的手：「喂，你也聽到了，走啦。」

「……我知道了。」

看他終於放棄，我對他輕輕地笑了。薛初凡注視我一會兒，也跟著微笑。

「喂，我們再去一次頂樓吧。」

我從來沒有忘記，他在這裡對我許下的承諾。

他說，要讓我明白，認識他是一件很棒的事。而現在，他就站在我身邊，我們一起吹著風，手，緊緊交纏。

「啊，感覺又做了一場夢。」

「夢？你又做夢了？」我失笑。

「是啊！」薛初凡淺淺一笑，「這樣牽著妳的手，很像在夢裡。」我的心跳加快，連說話都不自在：「說什麼傻話？我不就在這裡嗎？」

「就是因為這樣，才更想珍惜好不容易跟我站在一起的妳。」

風似乎也變溫柔了，心情除了愉快，還有一點點甜意。

「謝謝你。」

「為什麼突然道謝？」他不解。

謝謝你為我做的一切，謝謝你實現對我的承諾，謝謝你始終在身邊不離不棄，謝謝你讓我過得比原本還幸福，謝謝你……

「謝謝你喜歡我。」

「這是要發好人卡才會說的話吧！」他抗議，一把將我摟住，「我現在已經辦理換卡了，不要再發以前的給我。」

在說什麼啊？我只是把鄭豫凱不小心發給我的卡隨便丟出去而已。

「我不會啦！」避免他再胡說八道，我向前，在他右頰留下輕輕的吻。

他愣住，我也覺得有點不好意思。

我想迴避，但他按住我，不讓我轉身，一雙黑眸對我炯炯而視。現在想想，主動親他一下好像也不錯。

後來，我想起剛才遇到喬喬的事。

她似乎是故意在那裡等我們的。

儘管才發生不久，但依消息的傳遞速度來看，她應該已經知道我們在一起的事了。

「恭喜你們。」

「謝謝……」我的語氣靦腆。

她轉向薛初凡，「嘿，謝謝你等她。月見這個人很固執的，不過，還好最後她有想通。」

「唔……」被她這麼一說，我有點難為情。

「嗯！也謝謝妳啊，恰恰。」薛初凡笑著說。

我瞪他，「喂！恰恰是誰啊？」

「噗！」沒想到她也笑了，「沒關係啦，小紅帽恰恰也挺可愛的。」

呃，喬喬這麼包容薛初凡，我都要哭了。

不過，薛初凡似乎也有點顧忌她的感受，「……那，妳沒事了嗎？」

喬喬搖頭，笑得羞澀，「沒關係，至少，我看到你們，就又開始相信愛情了嘛！哈哈！」

我想，就因為我身邊有這麼多溫柔的人，所以我才能坦然地面對自己吧。

而薛初凡，就是我想守護一輩子的溫柔。

「從現在開始，我要用功念書了！」

我瞪大眼，看他靠在頂樓欄杆上歡樂的樣子。

「你確定？」

「沒錯！」

「為什麼突然想認真？」

「因為妳的成績很好啊！」他拍我的頭，但我還是不懂。

「這跟你要用功念書有什麼關係？」

像是嘲笑我的遲鈍，薛初凡單手抵住欄杆，對天空清朗一笑：「不管妳大學要讀哪裡，我天涯海角都追過去！」

我側過頭，不去看他的眼睛，「就算不同學校，還是可以天天見面啊！」

「那不一樣！」他輕輕扳回我的臉，說話的模樣是已經預見未來的篤定：「我要時時刻刻在妳身邊，不管妳遇到什麼困難，都能在第一時間陪妳度過。如果妳覺得幸福，我也希望那是因為我的關係……啊，這樣會不會太貪心？」

「不貪心。」是我貪心，想永遠擁有。

換他怔了一下，靦腆發笑：「哈，現在妳不會吐槽我了，好不習慣喔。」

「少得意忘形了，不管怎樣你還是個笨蛋。」

「這才是月見嘛。」他好像很喜歡被我罵。

「你是不是被虐狂？」

「不是啊。」

不是嗎？

走下階梯時，薛初凡突然從背後抱住我，用非常溫柔的力道。我感受他的體溫，令人悸動的氣息離我是這麼地近。

「我有種能永遠和妳在一起的感覺。」

「是嗎？」

「嗯，因為妳現在就站在我身邊啊。」

「這有什麼關聯啊？」我又忍不住笑了。

「當然有。妳看，我們腳下的是起點。」他吻了我的臉一下，「然後，妳會跟我一起走，很久、很遠。」

幸好，我們一起走到了這裡，沒有錯過彼此。

幸好，我們未來也能一起走。

「都你在說。」

不過，我笑著將掌心安放在他環繞我腰間的手上。因為有他在，現在與未來，彷彿只有一線之隔。

只要踏出一步，便能輕易碰觸。

薛初凡：我想像過，在未來互相依靠的我們。那樣的我們，該有多幸福啊。

【全文完】

章之外 確定

未來不能預知，對你的心意卻能輕易秤量。
我要的，不過就是藏在你眼中的一句確定而已。

「月見，妳上次不是想找我查一下成績嗎？」

轉過身，月見慢了半拍才回答：「啊！沒錯。」

她望著身為助教的年輕男人，靦腆地給對方一個微笑。想起來了，自己上禮拜的確找過他，想再次確認資料庫這門課的成績，沒想到幾天的忙碌讓她忘了這件事。還好，助教替她記得了。

朋友發現月見正在跟助教說話，因而對她投以笑容：

「那我先回宿舍休息囉！」

「好，晚點幫妳買晚餐回去？」

「哇！妳真是太體貼了，當然好啊。」

說完，朋友便先行離去。這時，月見才將目光放回助教身上，卻發現對方的眼神變深了。

「跟我來研究室吧。」

「好。」

聽見應答，助教再度揚起微笑。他是個清秀的男人，笑起來像一縷輕煙。

沒多久，他們在出了電梯之後抵達研究室。位於五樓的課室格外安靜，走廊上一個人也沒有。放下手中的資料夾，助教說要先去洗手間，月見便留在研究室等他。

空無一人的地方，她轉頭望著玻璃窗中的自己。她就坐在其中一張辦公桌前，靜謐的空氣，讓她想起了什麼。

那個時候，一轉眼的凝視便成了永恆記憶。

她閉上眼，逐漸意識到身後的腳步聲，正一步步向自己走來。

「妳怎麼在這裡？」

讓過去，穿越現在。

「你怎麼又說了一樣的話？」睜開眼，月見漾起怨懟笑意。

「喔……」聲音的主人接近她，露出一雙靈動眸子，像精靈般的注視：「妳是說，我們第一次見面的時候？」

正解！月見笑了，「你也記得？」

「當然。」

自信的態度，一如這個人從靈魂深處散發出來的氣質——耀眼、迷人，難以忽視的存在。這就是薛初凡。

儘管她應該要疑惑為什麼讀不同大學的他會出現在這裡，但因為對方是薛初凡的關係，月見其實沒那麼意外。

「今天沒課？」她仰望那張揚著輕盈微笑的臉。

薛初凡的雙眼清亮，略顯銳利的眉卻不減他的孩子氣。他往前一步，忽然，像抱小貓一樣將月見整個人舉起來，讓她的視線與自己平行。

「哇啊！你幹嘛？」她難為情地瞪著他。就算現在這裡沒人，這樣隨便把人家像動物一樣抱起來也很奇怪吧？

「沒幹嘛。」薛初凡還是笑嘻嘻的，把懷中女孩抱得更緊。

「放我下來啦！」

「我才不要。」

「不行，助教快回來了。」

不對，她怎麼覺得這句話怪怪的？

「夫人別怕，門外有我的人在把風。」薛初凡還配合地演起來。

「薛初凡……」

「哈！好啦。」

他笑了一下，以單邊手臂撐住月見的身體，另一手則輕壓她的後腦杓，在她的唇上留一個輕如薄紗的吻。柔順的髮自耳後滑落，半掩她一瞬間泛紅的雙頰。即使已經交往一年多，月見還是會為薛初凡偶爾的浪漫舉動而感到羞澀。

「想妳了，所以蹺課過來。」

「我就知道。」她立刻板起臉。蹺課這種事，對自小就是乖寶寶的她來說，是完全不可能會發生的。但從小玩到大的薛初凡就不一樣了，要他乖乖上課就跟逼月見蹺課一樣困難。

「反正那個老師不會點名嘛。」他吐舌。

「你真的很任性。」

他將月見放下來，卻又上前環住她的腰，「還好啦，剛好而已。」

「要蹺課就不要抱我。」

「月見，妳也很任性耶？」

「別囉嗦！」

一年過去，即使考上不同學校，認識的人也多了，但兩人還是保有高中時代的純真，這是他們最慶幸、最珍惜的事。

忽然，半掩的門被推開了。

助教撞見嬉鬧的兩人，略感意外地睜大眼睛。

「助教？」月見連忙推開薛初凡，對助教露出尷尬的表情，「抱歉！我會叫他先出去。」

「沒關係，不過他是誰？」助教笑著問。

「他……」

「我是月見的男朋友！」薛初凡鑽進兩人的視線之內，自信滿滿地宣告。

年輕的助教其實沒有和他相差太多歲，但就是少了那一份青春的無畏感。讓他，忽然覺得自己和這兩人的距離很遠。

「喂！你隨便闖進來就是不對，快點出去啦！」月見先一步將他推出去。

在薛初凡踏出門之前，又靈活地轉頭問：「晚餐要吃什麼？」

「再說啦！出去！」

「吃牛排好不好？我突然好想吃肉喔！還是去吃那個排隊要排一小時的炒……」

「碰」地一聲，月見已經將門關上，薛初凡嚷嚷的聲音才終於被隔絕在外。

那一瞬間，誰都沒有說話。

「他……」助教好一會兒才出聲：「很活潑？」

月見嘆氣，「何止活潑，他簡直是個笨蛋。」

「但妳好像很喜歡這個笨蛋。」

意外助教會這麼說，月見的臉一紅，慌忙地抬頭看他。助教的瞳孔深不見底，像是能看穿很多事情。不過，自己對薛初凡的感情的確沒有刻意隱藏啦！那傢伙……笨歸笨，但她就是喜歡他。

「是別系的嗎？」

「不是我們學校的。」月見搖頭。

「是嗎？那，他能在這裡找到妳，也算滿不容易的。」

她感到奇怪，「助教，你怎麼知道我跟他不是約好的？」

聽了，他神祕一笑，接著開始操作電腦，看似在查詢成績。月見疑惑地跟上去，直到看見自己考試的成績時，站在前方的助教才若有似無地嘆息說：

「那個人，有種一切都在他掌握之中的氣息。」

「咦？」

「包括妳。」他說：「連妳的去向、妳的心都瞭若指掌。」

才沒有呢！

確認完成績，月見獨自走在長廊上，忽然想起高中時期的事。那時候，薛初凡喜歡上被全班排擠的她，甚至在自己一次又一次地傷了他的心之後，還是不顧一切地留在她一眼就能看見的地方。

一向自信的薛初凡，也有不知所措的時候。她看過。

他並不是什麼事都能在掌握之中，但是……

「薛初凡，你在……」

「這裡。」俏皮的音調自身後響起，伴隨一個霸道的擁抱，「月見，我們去吃晚餐！」

「講話就講話，幹嘛動手動腳的？」她瞪。

「因為我是妳男朋友啊！」他理直氣壯，「真是的，不管是交往前或交往後，月見妳都一樣小氣，摸一下又不會怎樣。」

「我真的要報警了喔！」她恐嚇他。

但是，他總能在不確定未來的當下，給她一份能確定自己存在他心裡的溫柔。

「對了，那個助教是誰？」薛初凡忽然轉移話題。

「什麼是誰？助教就是助教啊！」

「哪一科的助教？這麼年輕。」

「資料庫。」月見想了一下，「記得他上次說過，才大四而已。」

「那，離他遠一點。」

「什麼？」以為自己聽錯，月見還轉頭看了他一眼。

薛初凡靠近她，俐落的眉糾結成一團，樣子看起來很衰。

「那個變態，把妳拐到研究室。」

她再次瞪他，「那是因為我要找他查成績！」

而且，突然出現在別人研究室裡的薛初凡才變態吧？

「我不管啦！我都看穿了！他是變態！變態！」他嚷個不停。

……不曉得他看穿自己是變態了沒有？

「變態！變態！變態！」

好了啦，唉。

用過晚餐，直到將月見送回宿舍，薛初凡都沒有再提起這件事。原本以為他只是愛亂吃飛醋，但在接下來的日子裡，月見才明白他是認真的。

認真地想除掉助教這個人。

「我說……」月見簡直要翻白眼了，「你在這裡幹嘛？」

是的，在資料庫這堂課中，薛初凡自己有學校不讀，卻跑來她的必修課上湊熱鬧。他的搶眼外表吸引不少目光，甚至連女教授也多看了他幾眼。還好教授平時不太記人，大概沒發現薛初凡不是這門課的學生吧。

「上課啊。」薛初凡一臉理所當然。

「這裡又不是你學校！」

「又沒關係，我怕月見會把自己弄丟，就跟過來看看。」

誰會把自己弄丟啊！

月見臉都綠了，「你蹺這麼多課，都不會被當嗎？」

「才不會，我跟老師交情很好。」他俏皮地眨眨眼。

「……祝你跟老師反目。」

聽了，薛初凡笑得更燦爛，一把將月見輕輕攬住。

「那更好，就有理由來妳這邊學習了。」

「學習？騙誰啦。」她嘆氣。

這傢伙老是黏著自己，連成績都拋到腦後，月見真想找時間好好糾正他的觀念。雖然他笑得一臉也不在意，但她很替他擔心啊！

彷彿能聽見她心裡的話，薛初凡忽然說：「不用擔心太多嘛！」

她望著對方那張單純無畏的笑臉，不曉得該說什麼才好。她總是對他沒轍。無論是什麼事情，薛初凡總有辦法讓自己的作為變得理直氣壯。即使是蹺課這種不好的事，也被他說得像是一點也不重要。

「總之，我覺得……」

「老師，我覺得就讓大家分組討論吧！在第三節上課之前上台報告，如何？」

聽見助教對女教授說的話，月見忽然一驚！

她抬頭，以眼神詢問坐在隔壁的朋友。

「老師在問這個題目該怎麼做成一個完整的資料庫啊！但沒有人自願，所以助教建議老師讓大家分組討論。」

不、不是吧？助教應該知道薛初凡不是班上的人，居然還建議老師分組討論！這樣一來，不就會被發現嗎？

月見雖然知道助教沒有義務要幫忙她，但她還是……

對上助教的目光，她發現對方似笑非笑的神色。看似溫柔，卻讓她發現藏在其中的「蓄意」，彷彿他就是故意那麼做的。

為什麼？

「那就分組呀！」薛初凡維持一貫的樂天，像是沒有發現月見的顧慮。

「喂，老師會發現的！你快趁老師用電腦的時候出去，我下課再去找你。」月見警告他。

「不用啦！都決定要陪妳上課了。」

「可是……」

「咦？是不是有多一個同學？」女教授忽然說。

慘了啦……

全班的同學大致都已經分好組了，月見當然也和平時同組的朋友一起。只是，他們這組多了一個人。其實薛初凡只是站在他們旁邊而已，但看起來還是很顯眼。

「你點名有點錯嗎？」教授轉頭問助教。

聽見此話，月見稍微鬆了口氣。但她轉而望向助教時，卻又想起了方才的不對勁，總覺得……

「那個人……」助教露出困惑的表情，「不是我們班的學生吧？」

助教不會幫她。

「不然？」教授也沒有真的想問他，而是直接望向薛初凡。

薛初凡被女教授這麼盯著看，卻完全沒有表現出慌張的樣子。他認真回視，直到迴盪在教室中的死寂氣氛持續了好一陣子，才忽然對她揚起笑容——

那個笑容，是自信呈現的飽滿。

「我也不是這個學校的學生。」他說。

薛、薛初凡到底會說出什麼樣的話呢……

月見忽然覺得頭很痛。

沒等教授反應過來，他連調皮的眸都笑彎了，「我不會裝模作樣，很誠實喔！教授，妳的課上得很棒，有沒有開放給外校生加簽呀？」

這句話，像在暗示什麼。月見起初不是很懂，但她發現助教的臉色慢慢變得不對勁。

不敢面對……

他說的人是助教嗎？而他，又不敢面對什麼呢？

「喔？真會說話！」女教授跟著笑了，看起來一點也不在意，「如果你真的想聽可以常來，但你有這麼認真嗎？小鮮肉。」

小、小鮮肉？

聽見這話，月見差點沒被口水嗆到。同學見狀，紛紛吹起曖昧口哨，甚至開口調侃他們。這位女教授在學校本來就很有名，年紀輕輕就當上教授的她，外貌也算不錯，但在職期間一直都處於單身狀態。這種狀況，更能讓人拿來說嘴了。

「我對每件事都很認真。」薛初凡正色說。明明這麼輕易地說出口，卻讓人難以對他的話產生質疑。這就是他的魅力吧！

「既然這樣，你們這組由你報告，如何？」女教授笑問。

「好啊！沒問題。」

過於爽快的應允，讓月見緊張地將薛初凡拉近自己：

「喂！我們的科系又不同，你有學過這個嗎？是要怎麼報告啦！」

相較於月見的慌張，薛初凡倒是一點也不覺得煩惱。他用笑容安撫她，像以往那樣，調皮中帶有一絲溫柔。

溫柔得彷彿能融化所有的不安定。

好吧！不管怎樣，她都無所謂了。

然而，讓所有人跌破眼鏡的是，對這門課一無所知的薛初凡竟然報告得有模有樣！月見起初感到很意外，但仔細想想，忽然也不是那麼驚訝了。

身為高中班聯會會長及大學系會長候選人的他，公開演說的能力不容小覷。只要先將講稿整理好，他就能輕鬆消化。只要教授別針對他提問，大概就沒問題了。

在那之後，薛初凡便在他們班上成為紅人。身為女朋友的月見，不曉得該高興還是無奈。女教授逐漸跟薛初凡熟稔起來，還常常在課堂上談笑風生。該怎麼說呢？教授畢竟是個年輕漂亮的女人，月見多少還是會在意他們之間的情誼。不過，如果說出來的話……是不是太小氣了？

月見的煩惱，薛初凡似乎完全不曉得。

「楊老師嗎？人很好啊！講話風趣又好相處，我從來沒遇過這種教授。好學校就是不一樣，師資真棒。」他天真地表達自己的意見。

月見沒有告訴他心事，只是問他對教授有什麼看法而已。果然，得到的答案非常普通。

所以應該是多心了吧？

「不要愁眉苦臉的嘛！來，把手給我。」薛初凡伸出手。

在人來人往的校園裡，他浪漫的邀請讓月見覺得很不好意思。

「幹嘛？」

薛初凡不解釋，只是自動拉過她的手，笑笑地說：

「妳不覺得牽手的時候，會讓妳感到所有的問題都不是問題嗎？」

「為什麼會這樣覺得啊？」月見跟著笑了。

沒想到薛初凡居然像孩子般鼓起臉，「當初怎麼追妳都追不到，努力之後好不容易才牽到手耶！即使是這種小事，我還是覺得很幸福，自然就會認為什麼問題都不是問題了啊！」

才不是！還沒在一起之前，薛初凡就已經對她動手動腳了，現在還敢說成這樣。

不過，她還是為他單純的想法感到可愛。

管理學院很大，走廊長得像是怎麼也走不完。他們攜手漫步，在愜意的午後聆聽彼此的呼吸，很溫柔、很堅定。

他們一路走著，直到……
尚未走盡的路途中出現了兩個人。
「初凡、月見？」
是女教授和助教。她站在前方，對兩人親切地笑。助教則露出介意的表情，介意什麼呢？月見怎麼想都想不透。
「楊老師！」薛初凡笑了起來，「妳要準備去上課嗎？」
「對啊！你呢？又跑來找月見了？還沒被你的老師警告缺席太多次？」
薛初凡看了月見一眼，「嘿嘿！他應該也很贊成我來找女朋友。」
最好是！月見在心裡翻白眼。
「來找老師也可以啊！」女教授忽然這麼說。她的神情很自然，此話卻讓月見聽得不大習慣。
月見先看了薛初凡依舊爽朗的笑容一眼，才轉而望向表情一直都很不對勁的助教。後來，助教注意到她的視線，隨即換上淡淡的笑，對她說：
「怎麼了嗎？」
「沒、沒有啦！」她慌忙搖頭，「感覺時間也不早，快要上課了耶！」
「啊，顧著聊天都沒注意時間……」女教授看了一下手錶，才抬頭望向他們，「好啦！不然先這樣，我們去上課了。」
「好，老師再見。」
向月見及薛初凡道別後，女教授和助教轉身離去。但才走不到幾步，女教授又忽然回頭看薛初凡。
「對了，初凡！上次聊到的麻辣火鍋真的很好吃，有空我們兩個一起去吃，怎麼樣？」

如此友好的邀請，讓神經大條的薛初凡也不自覺愣了一下。月見也站在原地，不曉得該做什麼反應才好。

沉默的四人之間，蔓延難言的尷尬氣息。

忽然，助教輕輕拉了女教授一把。

「老師，快去上課吧！已經遲到十分鐘了。」

「十分鐘？」女教授嚇了一跳，「得趕過去才行了，先掰囉！」

這句看似無意的話，卻在月見心裡劃下一道小小的痕跡。不怎麼痛，但也不怎麼好受。她站了好一會兒，才望向像是在思忖什麼的薛初凡。注意到月見正望著自己，薛初凡很快地回她一個安慰的笑。

「肚子餓了，我們去吃飯，好不好？」

明明是一如往常的事情，卻讓人無端地接不下話。在這樣的日子裡，淡淡的、酸酸的、不留痕跡的。

「今天瑪姬不在啊？」

喬喬才剛坐下，便好奇地四處張望。月見望著難得來家裡作客的知心好友，也難得地露出恬淡微笑。

「嗯，她回老家探親，大概要一個禮拜才會回來。」

「那這段時間家事誰做？」

「當然是我啊！總不能讓我姑姑做。」

聽了，喬喬跟著笑，「哈哈！妳真的很孝順。」

沒有停在這個話題上太久，兩人隨意地聊起近況。上了大學，喬喬也交了男朋友，當年愛上同一個男孩的事情，已隨著高中的青春歲月消失在時光裡。現在的她們，都擁有最真的笑容。

「妳上次說是他追妳的吧？為什麼會答應他？」月見忽地湊近她。

彷彿回憶起當時的羞澀，喬喬的雙頰染上一層淡淡嫣紅。

「其實本來對他沒什麼感覺，但他追我追了很久，每次做的事情都讓我覺得很窩心。一開始，我為了拒絕他，甚至告訴他我高中的事。」停頓了一下，喬喬看月見逐漸理解，便繼續說下去：「我騙他自己好像還喜歡薛初凡。沒想到，這不但沒讓他退縮，還逼他說出一句超動人的話！」

「什麼話呀？」月見也很興奮。

喬喬神祕一笑，學起男友當時的語氣：

「我不確定妳是不是還喜歡他，但是，我確定自己喜歡妳。」

「哇！」月見大笑，「怎麼這麼會撩啊？有一種被對方深深放在心上的感覺耶。」

「是吧、是吧？被他感動之後，所有他為我做的事似乎都變得更可愛了。兩、三個月後，我就答應了他。」

「那現在呢？」

彷彿對「現在」兩個字很有感觸，喬喬先是展露一抹舒服的微笑，才說：「我確定這是我要的『現在』。」

現在……

直到現在，月見還不能確定自己走的路是不是對的。薛初凡給她的愛很夠，但偶爾的小插曲還是會讓她不安。像是最近，女教授實在是太黏薛初凡了。

其實，上大學之後也不只有發生這件事而已。在大學中人緣極佳的薛初凡，不管是學姊、學妹或是同屆的女學生，都有不少人曾經倒追過他。好不容易熬過來了，現在居然連女教授都來湊熱鬧，月見覺得這簡直太荒唐。

當初怎麼沒想過薛初凡是禍水呢？

唉，要後悔也來不及了。

傍晚，喬喬離開了家裡，周遭頓時變得安靜無聲。月見和家貓雪橇一起坐在沙發上，一時不曉得該怎麼打發週末的空閒時間。

忽然，她的手機響了。

是薛初凡傳來的簡短訊息——

「開門吧！」

什麼？叫她開門？

難不成……

月見隨即衝向自家大門，門一開，便看見薛初凡那張笑得調皮的臉。

「你、你怎麼會來？」

「想說妳一個人在家會很無聊啊！」他笑著走進來，一瞬間便把沙發上的雪橇抱個滿懷。

「重點是……」

「咦？瑪姬不在嗎？」薛初凡喜出望外。

是怎樣？不在就不在，看起來那麼高興是想幹嘛？

「重點是，不要沒通知我一聲就擅自跑來我家啦！」她想起高中時期的事。那時候薛初凡也是莫名其妙地跑到她家，害她覺得被跟蹤。

「耶！月見的家裡沒大人！」他根本沒在聽。

算了，她放棄溝通。

後來，月見帶他上樓，黏人的雪橇也跟著上去。兩人一貓就坐在床上，天南地北地聊著瑣事，直到薛初凡忽然對她露出傷感的表情。

「怎麼了？」她察覺有異。

「月見……」薛初凡一把攬住她，「妳也知道我不像妳一樣有錢，自從上大學之後，寒暑假都需要工作。暑假快到了，我又要去工作，所以覺得有點難過。」

「幹嘛難過？累積工作經驗不是很好嗎？」

「但這次我要出國。」他說。

「出國？」月見完全不能理解。

「嗯，是一份經過親戚介紹的工作。」

「是在做什麼？」

他望向前方，彷彿正在想像自己工作的模樣，「就是跟一些老闆吃飯啦！替廠商和他們談生意，如果生意做成了就會有佣金。」

好半天，月見才緩緩說：「聽、聽起來是一份了不起的工作……」

「是很有挑戰性，我也滿有興趣的。但常常需要飛去對岸，所以親戚建議我暑假暫時待在那裡，等開學再回國。」

「那很好啊！」月見覺得這種工作非常適合他。

更何況，經過這個暑假的磨練，薛初凡一定會變成更棒的人吧？

「但是……」

他將臉湊近她，蹙緊秀氣的眉。

「妳不寂寞嗎？」

不寂寞嗎？

在盛夏的悠閒時光裡，沒有薛初凡的陪伴。

月見忽然想起女教授的臉，以及那些曾經倒追過薛初凡的女孩們。雖然只有兩個多月，但這麼遠的距離……

在他們之間，會不會有什麼被改變？

「唉，先別說這些了。」薛初凡自己先結束了話題，「吶，月見，今天可不可以讓我留下來？」

「什麼？」月見一瞬間驚醒。

「其實我早就想留下來了，但每次瑪姬都在，我不好意思提出這個要求。」他厚臉皮地說。

「才不要。」

「為什麼？為什麼？為什麼啦！」他的世界天崩地裂。

「這樣很奇怪！」

薛初凡往後一躺，開始在床上打滾，還差點壓到雪橇，「月見妳不要一板一眼的啦！我又不會做什麼，只是想抱著妳入睡而已，拜託嘛！」

一板一眼又怎樣？誰像他一樣三八！

不過，她從來拗不過這個三八。

洗完澡之後，薛初凡開心地抱著月見，還調皮地吻了她的耳朵一下，害她面紅耳赤。雖然知道他什麼都不會做，但她還是覺得難為情。畢竟，這是他們第一次睡在一起。

薛初凡在身後的氣息跟他整個人的感覺一樣接近。

當月見正想開口聊點什麼時，薛初凡忽然說話了。

「其實我覺得楊老師……」

咦？竟然提起了女教授！月見不自覺豎起耳朵。

「給我的感覺有點奇怪。」他的聲音聽起來很納悶。

「怎樣奇怪？」

「像在利用我，為了達到某種目的。」

「什麼？」月見完全聽不懂，「你上次明明說她很好相處，怎麼現在又說她利用你？」

他沉吟一會兒，「我不會解釋耶！但就是覺得奇怪。」

月見也跟著沉默。她是不曉得女教授利用了他什麼，只覺得教授分明就是對薛初凡有好感。這一點，他不會看不出來吧？

察覺她的不對勁，薛初凡忽然抱緊她，用懶洋洋的聲音說：

「哎，別在意那麼多啦！反正不管她想幹嘛，我都會在這裡。」

「哪有……」聽見這句話，月見以雙手懷抱自己，彷彿已經開始覺得寂寞。「你明明就快要出國了。」

她說得很輕，但話中蘊藏的情感讓他聽得一清二楚。

薛初凡好一會兒都沒有出聲。原以為他會調皮回應的月見，忽然覺得更不安了。連薛初凡……都無法給她任何保證嗎？

其實她並不是真的想聽見什麼，只是，想為這種不安找一個暫時的解答。

後來，月見才終於從身後聽見一句未完的溫柔：

「月見，我雖然不能確定我們的未來，但是……」

但是？

她等了好久，卻沒有下文。

輕輕地回身一看，月見才發現薛初凡已經睡著了。他的睡顏溫柔，均勻的鼻息透著一股稚氣。雖是天真，卻也讓人感受到他對這份感情的認真。認真地，想盡一切努力待在她身邊。

更信任他一點，好嗎？

在漸增的寂寞裡，月見只能拼命地抱住眼前這個人。彷彿這麼做，就能永遠留住什麼一樣。

學期的尾聲，月見待在學校的圖資館內，借了一間討論室來練習期末報告。最近薛初凡比較少出現在他們學校了，想必是在惡補那堆被他蹺掉的課吧！期末了，還好他知道要臨時抱佛腳，不然真的會被二一。

這天，其他組員都沒空，月見覺得在宿舍閒著也是閒著，於是乾脆自己過來練習。途中，她出來上廁所時，在門口遇見了也來圖資館準備期末報告的助教。

「咦？妳來看書嗎？」助教露出微笑。

「不是，我在討論室練習期末報告。」

「哪一科？」

「……資料庫。」她笑。

「喔？這麼認真，要不要給妳一點建議？」

聽見助教這麼說，月見驚喜地說：「真的嗎？我剛好有幾個地方不是很懂，可以麻煩助教嗎？」

「當然沒問題。」

得到應允，月見隨即帶他去自己待的討論室。助教不愧是助教，在短短幾分鐘內便告訴她一些可以再改進的地方。兩人邊聊天邊改正報告，不知不覺中，一個下午就過去了。

後來，月見覺得有點累，便先坐下休息。

「今天妳男朋友沒來？」助教也自然地在她身邊坐下。

月見搖頭，「也在學校準備考試吧。」

「這樣啊！下禮拜期末考，是該好好認真沒錯。」想了一下，他又說：「對了，我一直想問妳……」

他的尾音拉得很長，語氣漸漸變得多情。月見從那雙藏有深意的瞳孔中，發現了異樣的情感。

「什、什麼？」

「雖然妳有男朋友了，但上大學的這段期間應該也有人追吧？」

她沒想過對方會問這個，因而遲疑了一下，「唔……是有，怎麼了？」

「沒有，只是覺得……」助教又笑了，「妳很安靜，卻散發出一種很好親近的氣息。跟妳變熟之後，又能察覺到妳心裡那種吸引人的特質。這樣的妳，沒人追才奇怪。」

這、這是在稱讚她嗎？她該怎麼反應？

「怎麼？妳看起來很驚訝。」助教托住下巴，興味地望著她。

「謝謝……」除了這句話，她也不曉得該說什麼。

「還有，記得那天的事嗎？」

月見眨眨眼，「什麼事？」

他認真地凝視月見，彷彿正在對她傳遞一直以來隱藏的訊息。

「薛初凡第一次陪妳上資料庫的時候。」他講得很慢，像是要讓她回想起來，「楊老師不是發現全班多了一個人嗎？那時候說的話，妳還記得？」

當然記得。當時助教不但沒幫她，還跟教授說薛初凡不是他們班的人。月見沒有回答，腦中的答案卻已浮現。

「那麼，妳知道為什麼嗎？」望見她瞭然的神情，助教繼續問。

為什麼？

明明想問，月見卻愈來愈能預測那被對方藏了許久的原因……

「我希望他不要來我們學校。」他說。

為什麼？

明明已經能猜出答案……

卻還是不想面對。

「因為我對妳有好感。」

在這一瞬間，她什麼都說不出口，只能任由對方眸中的浪潮輕輕將她包圍。溫柔，卻使她窒息。她想，世界上大概只有薛初凡的愛才能讓她自由呼吸吧！

可是薛初凡不在身邊，她連正確拒絕的步驟都忘了。

「助、助教……」她細聲問：「你真的不是在開玩笑？」

他笑了一下，「看起來像是開玩笑？」

見助教這麼回答，她再度尷尬地說不出話來。雖然年紀相仿，但對方畢竟是助教，這樣的感情讓她不知所措。

「我知道妳有男朋友了，不過……」他停頓了一下，像是在思考什麼，彷彿這段話會引起他的感觸似的，「在妳不確定能和他走多遠之前，也考慮一下我吧？」

這是什麼話？

因為不確定，就能在分開之前先考慮其他的選擇嗎？

「……我先去一下廁所。」她快步走向門口。

她完全聽不下去，想暫時逃離這裡。

然而，在她開門之前，討論室的門已經先被人打開了——

「楊老師？」月見一愣。

開門的是女教授，她的神情輕鬆，月見猜她應該什麼都沒聽到，「你們在為期末報告做準備嗎？」

「是啊！」她擠出一絲笑容。

「好認真喔！剛才我從門上的窗戶看到你們兩個，感覺表情很嚴肅，就進來看看。想必是助教給了很多建議吧？月見，我很期待妳這組的成果。」

「謝謝老師。」

聽見教授那麼說，月見的內心多少有些忐忑，因為他們剛才明明不是在說報告的事。

不過，算了吧！

「老師，我想去一下廁所。」月見再度說。

「好啊！我等會兒也要進辦公室忙了，先這樣。」說完，女教授帶著微笑，看了一直不說話的助教一眼。

他們眼神交會時所透露的訊息，月見一時難以理解。應該說，那兩人的情感本身就難以理解。一個纏薛初凡，一個跟自己告白，卻又常常陪在彼此身邊。

還是趕快離開吧！

月見低頭看了一下手錶，和薛初凡約的時間也差不多到了，她打算上完廁所就到校門口等薛……

「月見！我好想妳喔！想到能讓宇宙大爆炸！」

一聲高亢的呼喊響起，像一陣狂風，橫衝直撞地捲進來！那瞬間，站在門邊的女教授不小心被薛初凡用力撞開。等月見回過神時，薛初凡已經用他過人的反應能力將教授接住了。

那畫面，她看得刺眼。明明知道不該這麼想，卻還是……明白了。

月見不確定薛初凡和自己的未來會如何，但她清楚，薛初凡的確深深地埋在她的心上。這一點，無庸置疑。

忽然，助教大步向前，抓住女教授的手臂，將她迅速地扶起來。當她站穩時，他卻依然沒有放手。眼眶，閃動不安的波光。

「……輕點，手有點痛。」女教授突然說。

「啊！抱歉。」助教這才回過神來，連忙放開手。他看著教授的手臂，發現已經被自己捏紅了。

對於助教難得一見的激動，女教授並沒有多說什麼，只是用慧黠的眼神望著他。這兩個人之間的情感，月見還是不能理解。

「我、我們先去廁所。」匆忙地扔下這句話，月見便把呆愣的薛初凡一起拉走。

正要走出門外之際，他們聽見了身後兩人的對話：

「你對她的告白，我聽見了，但是……」女教授的語氣平穩，像是一點也不意外，「你剛才的情緒，我也感受到了喔。」

「那是……」助教的聲線慌亂。

「你確定自己喜歡月見嗎？」

沉默了一會兒，助教輕聲說：「她是好女孩。」

「嗯，不過，」女教授回憶般地說：「以前，你也像現在一樣，對感情的事情不是那麼確定。」

她說的「以前」兩字，讓助教像是想起什麼一樣，在女教授多情的聲線中掩埋自己。

「但是，在那麼多複雜的事之中，總有一件是你能確定的吧？」說完，女教授輕扯一弧笑痕，「像我也是。我不確定對方是否愛自己，卻明白自己愛對方。」

那繞口令般的言語，讓助教睜大了眼睛。

「我的意思是……」她走上前，以嬌小的身軀仰望對方，「你曖昧不明的態度，讓我一直以來都無法看透你。雖然，我不能確定你是不是喜歡我，但……」

「妳接下來要說的，」助教露出一絲疲憊的笑，「我已經知道是什麼了。」

感覺像是聽見一件了不得的祕密呢！

一直到放了暑假，月見還是反覆想著這件事。看起來，單身的年輕女教授似乎喜歡助教很久了，而助教對她也有相同的情愫，卻因為身分的差距或其他原因，遲遲不敢確認心中的答案，甚至還胡亂地把感情轉移到自己身上。

當初，女教授會那麼黏薛初凡，也是因為想看助教吃醋吧？顯然，她的計畫成功了，而且還讓助教終於不再逃避他們之間的事情。

雖然不曉得結果如何，但她應該不用再擔心了。現在，只要專心地等薛初凡那傢伙回國就好。

少了他的日子，果然特別寂寞，不過……

她深深記得薛初凡在離開之前對她說過的話。

「上次我把楊老師接住的時候，妳露出猙獰、恐怖、扭曲得嚇人的表情耶！」那時候的薛初凡看起來很歡樂。

「胡說什麼？我的表情明明就很正常。」雖然她的心裡的確不是滋味。

「哈！我只是想說，人生本來就充滿許多難以預料的事情，不可能精準地預測未來，但是……」薛初凡笑了，「看見妳吃醋的樣子，就能感覺到我的確深深霸占了妳的心！只要一想起這個，就有動力繼續往前了。」

不能確定彼此的未來，卻確定自己就在對方的心中。這不就是一種幸福了嗎？

一個過得不算太快的暑假，處在她的思念之中，也終究是過去了。不過，薛初凡的開學日比較晚，所以月見還是不能馬上見到他。她想，那傢伙應該還在國外賺錢吧？而她卻已經要回學校上早八了。

「月見，妳又要去找資料庫的助教了嗎？」下課後，朋友走過來問。

「對啊！想查一下期末報告的成績。這門課雖然修完了，但我還是想知道錯在哪裡。」

「妳還是一樣認真耶！好啦，我先回宿舍等妳。」

「嗯，再見。」她笑。

再度前往研究室，月見一推門便看見女教授和助教有說有笑地坐在裡面，是個不錯的氣氛。兩人同時發現了她，還笑著招呼她過去。

「又來查成績嗎？」助教問。

「對啊！我有打擾到你們嗎？」

女教授笑著搖搖頭，「當然沒有。我該去上課了，月見妳看一下成績，有任何不懂的地方再發問喔！」

「好。」

於是，整個研究室又剩下她和助教兩人。望著忽然起身的他，月見像是想起了什麼。

「助教，你該不會又要先去洗手間吧？」像上學期那樣。

「哈！對，再麻煩妳等我一下了。」

助教暫離之後，月見隨意往四處觀望，不知不覺中又將視線移至玻璃窗中的自己。一個暑假過去，看起來還是沒什麼變。但對於感情的事，應該不再那麼迷惘了吧？

就算迷惘了，也會有人將她那些紛亂的思緒通通拋到九霄雲外，對吧？

那雙溫柔的手……

溫柔的手，深深地將她從身後抱住。

沒多想，她只是無奈地笑了，「你怎麼在這裡？不是還沒開學嗎？什麼時候回國的，我怎麼都不知道？」

然而，面對這一大串的問題，薛初凡只給了一句慣有的調皮答案：

「想妳了，所以蹺班過來。」

唐月見：有點不甘心啊，我反覆確認，得到的答案卻永遠只有一個。好吧，如果你也是的話，那就不算太虧了。

章之外

之後，還有之後

從此之後、從今往後——
你都不能缺席我的未來。這門課，一輩子都不能蹺喔。

◆畢業之後

大學畢業沒多久，月見就找到了工作。薛初凡比較幸運，不用等太久兵單就先登入了國軍Online。更幸運的是，薛初凡這一批只要當四個月就能出來，他們根本沒來得及犯相思。

不過，薛初凡退伍後，都還沒找到工作，月見就接到了人生中第一顆紅色炸彈。

「什麼！恰恰要結婚了！那怎麼辦啊？」薛初凡賴在她的床上，手裡拿著那封喜帖。

月見一邊餵貓，一邊回頭，「我也很驚訝，喬喬竟然那麼早就結婚。不過，聽說她男友的父母對她很好，已經空出一層樓要讓他們住了。啊，你說什麼怎麼辦？」

「怎麼辦，我還沒有工作，紅包包不出來……」他超苦惱。

「……」原來他在乎的是這件事。

後來，月見還是和薛初凡雙雙出席了。月見包了一個很具誠意的數字，而薛初凡呢，雖然還沒有工作，但也挖出自己當兵領的零用錢，湊一湊幾千，就給他心痛地包了出去。

結婚那天，喬喬真的很美，還丟出捧花讓月見接到了。那時，月見不好意思地看了看薛初凡，對方卻像是沒察覺到一樣，僅僅回以一抹燦爛笑靨。

算了，她也知道薛初凡遲鈍，並不是所有人都會因為捧花，想到結婚這件事吧。

不過，散會後，薛初凡倒是讓她差點嚇歪。

「月見！我們什麼時候要結婚啊？」

「啥？」她剛才喝了點紅酒，本來還有點微醺，但現在完全被這句話嚇醒。

「嗯？」他探頭過來，「妳那什麼奇怪的反應？」

「你才奇怪！莫名其妙地問什麼啊！」她臉更紅了。

薛初凡一臉理所當然，「哪有？剛才妳不是接到捧花了嗎？所以，我才問一下嘛。」

原來他有想到啊，誤會他了。

不過，哪有人這樣問的？她不僅回答不出來，還很尷尬。

「薛初凡！」她板起臉，卻一點殺傷力都沒有，「你別問我這種問題啦！一般來說，應該要好好求婚才對吧。」

她這麼一講，也有點難為情。那個，她也不是要他現在就求婚啦……

兩人才剛畢業，要結婚還是太早了。雖然，今天婚禮的新娘一點都不這麼覺得。

「我當然知道要求婚啊，月見，妳別小看我。」他勾起嘴角，「我只是隨便問問，妳不要介意。」

什麼？隨便問問？隨便？她超介意啊可惡！

似乎也感受到月見想殺人的念頭，薛初凡連忙趁綠燈的時候橫越馬路，逃離案發現場。

那天晚上，月見去了薛初凡外宿的房子，打算在那裡過一晚。薛初凡簡直不能再高興，還訂了一堆披薩和炸物，準備好好地餵飽女朋友（或者說自己）的肚子。

洗完澡後，她躺在薛初凡的床上，用手機滑了滑今天和喬喬拍的合照。她穿在婚紗裡好漂亮，自信的樣子，完全看不出是高中時代的那個她。而自己呢？從高中到現在，她有沒有什麼改變？

她轉頭，望著正在吹頭髮的薛初凡，那溫柔的背影，讓她覺得他們之間好像沒什麼太大的改變。他是成長了，她也是，可那份對彼此的愛，卻一點也沒變。

當然，他們是有過爭執的。但只要看著他那張為她心疼的臉，她就怎麼都氣不起來。喂，薛初凡是不是一直都在犯規啊？不然，她怎麼總是拿他沒辦法……

「月見，妳還餓嗎？」薛初凡放下吹風機，就湊到床上陪她。

「當然不餓啊，我吃了超多披薩耶。」她摸了下自己肚子。

「好，那我就不去買宵夜了。」他一個轉身，把月見抱進懷裡，「啊，不過……」

「嗯？」

她看著他近在眼前的臉，那清俊的面容，在那一刻變得有些迷魅。

「我餓了。」

「啊？你吃了這麼多……」

「哪有？」他貼近，吻了她的耳垂，「……我今天還沒吃啊。」

她一愣，臉在那刻爆紅，「喂！我揍你喔！薛初凡！」

她無法適應，那年明明還很純真的他，這幾年已經變成了大野狼，一去不復返。不過，她也不算太意外。每次薛初凡只要太久沒和她見面，就會格外黏她。

像現在，他快把她整個人壓在床上了。

「喂，我們明明上禮拜才見過……」這星期，月見向公司請了特休，和姑姑、瑪姬一起去日本家庭旅遊。所以，薛初凡整整有一個禮拜見不到她。一回來，他們就參加了喬喬的婚禮，還沒好好單獨相處過。對薛初凡來說，當然會覺得超級寂寞。

「哪夠？天天見面才夠。」他吻住她抱怨的嘴，手指纏繞她後頸髮絲，「要是我們住一起就好了……」

唔，在結婚之前，她恐怕都會住在家裡吧。那個家那麼大，要是她外宿了，姑姑和瑪姬會超寂寞的。

八成懂她的考量，薛初凡也只是發發牢騷、撒撒嬌。他不一會兒就把她吻得暈頭轉向，還不讓她逃跑。

不過，她也沒想逃跑。夜深了，就讓她綻放在他懷裡，不要走了吧。

「月見，我們到底……什麼時候結婚啊？」

一夜溫存後，那白癡又提起了相同的事。她的臉還紅著，腰也被他抱著，但還是艱難地轉身，看看他溫柔的臉。

但，他睡得正香呢。原來是在說夢話嗎？

她的心頓時軟成一片。什麼時候結婚？她才不知道。

可是，如果要結婚……也只會跟他啊。

她想像著，穿白紗的那日到來。那條紅毯，他們應該可以走一輩子吧。

漫漫夜色裡，她也跟著閉上眼。聆聽身後均勻的呼吸聲，她就能安穩地入睡。

醒來之後……肯定又是幸福的一天吧。

◆結了婚之後

月見覺得自己很虧，二十六歲就成了別人的新娘。雖說這年齡在以往不算早，但在普遍晚婚的今日，她的確是很早就把自己賣了。

而「買主」，當然就是她從高中時代交往到現在的笨蛋男友——薛初凡。

婚禮那天，喬喬帶著兒子來了，很多她大學、出社會的朋友也有出席。薛初凡那邊更熱鬧，開的桌都快要不夠他的朋友坐，兩人之前在送喜帖的時候也是傷透腦筋。

姑姑以主婚人的身分出席，不過，整場婚禮，瑪姬哭得比姑姑還慘，哭到全世界都以為瑪姬才是月見的監護人。月見也不意外，姑姑本來就是冷靜溫婉的事業女強人，她要是哭花了臉她才覺得奇怪。

不過，當薛初凡牽著她的手走上紅毯時，月見還是注意到姑姑臉上的表情。那是一種溫煦展望，像是她已經看見她和薛初凡的未來一樣。

在那個未來，他們也能很好。

「小海，快跟月見姐姐打招呼！」

喬喬輕推了她的兒子一把，滿臉笑容。月見難為情地看她，笑說：「喂，姐姐太誇張了啦，應該也是叫阿姨吧？」

「有什麼關係，我是在教他怎麼討好女生啊。」喬喬摸了摸他的頭。

小海才三歲，眼神明亮稚嫩，害羞地說了句：「姐姐好。」

月見表示，她很久沒嚐到少女心爆發的滋味。在那一刻，她被這隻小小鮮肉給收服了。

月見請喬喬進來屋裡坐，兩大一小就開始了下午茶時間。

婚後一年，月見的生活其實過得跟沒結婚前差不多。她是規律的上班族，在一家生技公司當品牌部小主管，每天就是朝九晚五，雖然偶爾需要加班，但也沒像她的老公一樣誇張——

沒錯，薛初凡在畢業後找了一份業務工作，憑著三寸不爛之舌當上了超級業務，薪水頗豐。也因為如此，兩人才會在二十六歲就結婚。畢竟，薛初凡連婚後的幸福小窩都給她先買好了。

但，也因為薛初凡是業務的關係，上下班時間不定，有時候還得在假日去見客戶。幾年來，月見其實習慣了不少，但偶爾還是會想：為什麼這傢伙跟她姑姑一樣，總是把自己忙成這樣啊？

這種情形，喬喬很能體會。身為全職媽媽的她，有個也很爭氣的老公。不過，老公繼承了家裡的事業，也是每天忙得不可開交。所以，她們很常在假日聚一起喝下午茶，順便陪小海玩。

「薛初凡跟妳說今天要十點之後才回得來啊？」喬喬一邊看著小海在地上玩積木，一邊替她怨懟：「真是的，工作忙沒關係，但不要連假日都常常這樣嘛。」

「喬喬，妳老公不是也常加班嗎？」

「對啊，但我跟他抱怨過，他也聽進去了。聽說，最近他會多招募一些人來，替自己分攤工作。」

「真好，業務就沒辦法這樣。」月見嘆了口氣。

喬喬望著她，面露微笑，「不過，薛初凡應該也是為了妳在打拼吧。生孩子之後，要花不少錢耶。」

「我、我又還沒打算要生。」月見反駁。

「也是啦，不過，隨時都有可能不小心嘛。」喬喬對她擠眉弄眼。

她傻眼，以前的喬喬可是純真到不行，當了人妻之後就不是這麼一回事了。唉，人都會成長嘛，沒事沒事。

「但，好難想像他的工作竟然會這麼忙啊！畢竟，以前他不是一直圍著妳轉嗎？去哪跟到哪，總是怕妳走丟。沒想到，現實還是讓他改變了不少。」喬喬有感而發。

改變了？薛初凡……改變了嗎？

她想起他每回出門前，總會在她唇上烙印一個深深的吻；想起他回來的時候，見她睡了，就小心翼翼地把她抱進懷裡的溫柔舉動。

這些年來，薛初凡其實沒有變。可是，現實還是黯淡了他們一部分的幸福。在生活面前，他們總要學會妥協。

她不怪他，只是，她希望那個「總有一天」能夠到來。總有一天，他們分離的時光能減少，緊握的幸福能回來。那樣，才是她多年前祈禱的未來啊。

晚上九點，月見剛洗好澡，看了下時鐘，想起薛初凡說十點左右會回來。她坐在沙發看書，享受一人的靜謐時光。不過，這偌大的沙發好像還是少了點什麼。比如說……一隻總是會把她抱個滿懷的大狗狗。

她笑了起來。

結婚後，她把雪橇留在姑姑家，讓牠陪伴姑姑和瑪姬。幸好，他們買的房子就在姑姑家附近，她算是很常回家探望兩人一貓。她想，這應該也是薛初凡的體貼吧！畢竟，房子是他選的，他一定有考慮到這點。

不過，這個時間點，見不到雪橇，也見不到薛初凡……總還是有點寂寞呢。

她闔上書本，凝神發呆。不一會兒，卻被開門聲喚醒。

「……薛初凡？」她看一下時間，才九點半。薛初凡提早回來了啊？

她滿心期待，從沙發上站了起來。不過，門開的那一刻，她卻被一陣濃濃的酒氣淹沒。

「你喝酒？」

「啊，月見……」薛初凡扶著門，酒氣醺紅了臉。「妳可以扶我一下嗎？我有點站不穩。」

她心頭一冷，走過去扶了他。他竟然喝成這樣！

她知道，談生意難免會喝酒應酬，但這很明顯就是喝過頭了啊！

「唉，我有點醉了，所以才提早回來。」他用迷茫的眼睛看她，「月見，妳洗好澡了啊？」

「當然啊，你那麼晚回來，我都準備要睡了。」

「這麼早？」他抬頭看時鐘，「九點半？妳不都十二點才睡……」

「不要吵啦！」她巴他一下，害他差點跌倒。

「啊！月見！我都已經站不穩了，妳還打我。」他超委屈。

「誰叫你要喝這麼多？跌倒活該！」

她真的有點氣，氣他因為工作把自己搞成這樣。他明明是愛玩又愛笑的大男孩，但自從開始工作後，不僅玩樂的時間少很多，連陪伴她的時間也是。現在，還為了這份工作把自己灌醉。他明明不喜歡喝酒，也不喜歡離開她身邊的……

「你到底為什麼要這麼努力啊！」她忍不住喊出聲。

薛初凡愣了一下，安靜看著她。

她喘一口氣，抱著既然都說了的心情，又開口：「什麼時候……你才會變回以前的你？那個一直繞著我打轉，嘴上總說怕我走丟的薛初凡……」

說到最後，她都有點想哭了。奇怪，她明明很不坦率的，但為什麼就是忍不住？

她太任性了吧，薛初凡在認真賺錢呢，她有什麼資格這樣說……

「月見。」

他被酒精醺啞的聲音傳進她耳畔。她倉皇抬眼，他就紮實地抱了過來。把她揉在懷裡，將臉深埋她的髮間。

「抱歉，我好像沒顧到妳。」

他的聲音讓她更想哭，真是的，這種時候還這麼溫柔。

「沒事，我不是那個意思……」她搖搖頭。

「可是我知道妳很寂寞。」他收緊雙臂，把她抱更緊，「我也不知道為什麼會這樣，但當我回過神的時候，已經一頭栽進工作裡了。可能，我只是想多賺點錢，為我們之後的事鋪路吧。」

「之後的事？」

「嗯，我們會生小孩吧！然後……」他抬頭，淺淺的笑意聽在她耳裡更明顯了。「我想常常帶妳出國玩。不過，要做到這些事，得先有錢才行啊。」

「是沒錯啦……」她心疼他成這樣，八成也不用再討論了。她推開他，提醒道：「你先去洗澡吧！都是酒味。」

「喔，好。」他很乖，一拐一拐就走到浴室前。月見看著他背影，忽然又更疼了。

「喂，薛初凡。」

「嗯？」他回頭。

「快點去洗，等一下我可以……破天荒幫你按摩一下。」她望向別處，臉有一點紅。

不過，不是她在吹牛，她可是從瑪姬那裡學到了一身按摩好功夫。不用在筋疲力盡的他身上，有點可惜啊。

「真的嗎？」他很開心。不一會兒，他又轉頭，「……是全套的嗎？」

她差點把眼珠瞪穿，「你是想被我揍嗎！」

他笑嘻嘻，一邊說「開玩笑的嘛」，一邊走進去洗澡。洗好澡後，月見已經在床上躺著了，伸手就招他過來。他乖乖地坐在床上，讓月見在身後幫他按摩。這時，他的酒精已經退得差不多了。他雖然不愛喝，但代謝還算快，過一會兒就能消。

「對了，月見。」

「嗯？」她很認真地幫他按摩。

「我想跟妳說一件事。」

她感覺得到他聲音裡的慎重，於是豎起耳朵傾聽。

「妳剛才問我，什麼時候才能變回以前的我對吧？」他提起那件事，「可是，我覺得我沒有變。唯一變的，大概是比以前更愛妳？」

喂！這時候還貧嘴。不過，她的嘴角微微上揚。

「就算時光倒回高中，提前出了社會，我大概也會跟現在一樣努力工作。我不是不想陪妳，只是我有我的目標。」他頓了下，目光柔軟，「而那個目標裡，有妳。」

她早就知道他是為了自己在努力，但她的心還是狠狠地撞了胸口一下。真討厭，這傢伙講話總是那麼動聽啊。

「我不會要妳體諒我，可是，我也希望妳知道我正在努力。除了工作外，我會盡量擠出時間陪妳。妳要相信我，這樣的時間不會太久。我已經在學投資了，也有一點心得。等一切都穩定後，我就會減少目前的工作量，穩穩當當地陪在妳身邊。啊，當然還有陪孩子。」

月見愣了下，臉龐逐漸泛紅。「你……想生了喔？」

「不行嗎？」他忽然握住她正在按摩他肩膀的右手，「這件事當然是看妳啦，不過……我挺想要的。恰恰的兒子不是很可愛嗎？我也想要一個兒子。」

啊？她無言。「為什麼不是女兒？」

「我怕有女兒的話我會不准她出門。」他一臉謹慎，「女兒要好好保護才行！」

她大概知道笨蛋老爸是什麼樣的生物了。

不過，她知道他的心了。她微笑，「嗯，那我就等你吧。」

「月見……」他很感動地回頭。

「轉回去啦！我要按摩脖子。」

「……應該可以不用按摩了，我精神好多了。」

「好吧。」她停手，不過，下一秒就被他抓進懷裡。

「我愛妳，永遠都這麼愛妳。」他的聲音像蜜，把她的心都泡軟了。「月見……」

她笑著問，「怎樣啦？」

「謝謝妳一直這麼溫柔地理解我。」

她才沒那麼好，也抱怨過、傷心過。可是，永遠不變的是，她一直都相信薛初凡。對她來說，這就是最重要的。

薛初凡吻了吻她的唇，酒氣已經散去，剩下的只有沐浴乳的清香。她也抱住他，讓他進一步地碰觸她，溫柔繾綣。

幸好，她有把話說出來。幸好，薛初凡也同樣溫柔地理解了她。

這樣的歸宿，何其幸運啊。

一個月後，月見從浴室走出來，望著難得留在家裡度過假日的薛初凡。那傢伙還在打遊戲，完全沒注意到她複雜的目光。

「薛初凡！」

「嗯？」他還在打那個白癡魔王。

「我……」她把手上那東西舉高，溫溫軟軟地說：「我好像懷孕了。」

那一刻，她已經忘記薛初凡轉過來的表情有多驚喜，也忘了他不斷叨念該去買什麼嬰兒用品的蠢樣，只記得一個月前的那個夜晚——

啊，還真多虧了那次的「全套服務」呢。

◆三個人之後

她不知道要開心還難過。

這些年來，她唯一的女兒變得愈來愈像她老公。好傻好天真，好笨好認真。

「甯甯！妳看爸爸帥不帥？爸爸穿這樣可以嗎？」

「帥！爸爸最帥！」

「真的嗎？爸爸就知道妳眼光最好！」

「我長大以後要嫁給爸爸！」

「咦？怎麼辦，爸爸已經有最愛的老婆了。」他超苦惱，「沒關係！如果妳找不到好老公，就一輩子待在家，爸爸來照顧妳……」

月見才剛從廚房出來，就聽見這段白癡對話。她是真受不了，這小天使怎麼愈長大愈像她爸。唉，這對笨蛋父女啊。

這天，是女兒甯甯的小學家長日。薛初凡特地穿得超帥，說是要嚇嚇那些同班小夥子。月見覺得他超白癡，才小學而已，為什麼要對同班的小男生下馬威啊。他根本擔心太多，說不準還會一輩子不讓女兒嫁。

家長日的活動在下午，早上薛初凡就和月見在校園逛了一下，最後再到教室裡陪女兒吃午餐。途中，有很多家長和小朋友都在看薛初凡。雖然他已經三十幾歲了，但那張娃娃臉看起來就是一點也不像三十。月見也算長得顯幼，清秀的臉讓一些男家長不自覺地看了好幾眼。

「爸，甯甯怎麼帶了哥哥和姐姐來啊？」有個小男生偷偷問他爸。

他爸看了那個和樂的家庭一眼，糾正了他：「不要亂說話！那是人家的爸爸和媽媽。」

「喔！」那個小傢伙看起來還是不懂，不過，相信他爸也不懂怎麼會有小朋友的爸媽長得像大學生一樣吧。

午休後，下午的活動就開始了。導師安排了親子活動，還分組競賽，大家玩得不亦樂乎。薛初凡本來就是遊戲王，一路罩著對遊戲沒轍的月見，過關斬將拿了第一名。當然，甯甯也貢獻了不少積分，簡直是遊戲小天才。就說她生得跟爸爸一模一樣吧，也包括了很會打遊戲這一點。

後來，月見去上廁所，薛初凡就繼續在教室陪女兒。當她從廁所出來時，卻遇到了一個意想不到的人。

「妳是……唐月見？」

「不會吧？」她忍不住驚呼，「鄭豫凱？」

那是他沒錯。就算他們十幾年沒見了，她也認得出那張臉。鄭豫凱大概也被天神眷顧過，那張臉一點都不顯老。幸好，他也能認出月見，讓她覺得自己的外貌應該沒有和高中時代差太多吧。

「今天是家長日，難道你也是來參加的嗎？」寒暄了一陣子，月見就開口問他。

「嗯，我帶我兒子來，他還在上廁所。」他停頓一下，「我老婆公司出差，所以沒有來。」

啊……從他口中聽見「老婆」的消息，還真微妙。但他們都三十幾歲了，各自有了家室也不奇怪。

「妳在哪裡上班？還是當全職媽媽？」

鄭豫凱和月見都不是常用社群網站的類型，難免會不知道彼此的近況。她笑了笑，朗聲回答：「我在製藥公司，你呢？」

「我做資訊業。」他頓了頓，「對了，妳的老公……」

聽他提起，她換上溫柔的笑，笑容還有一點難為情，「嗯！是薛初凡沒錯。」

他點點頭，也跟著微笑，「真不容易啊，你們。」

她也覺得。從高中開始交往，結婚、生小孩……這些人生歷程，恰好都是和他一起度過。

可能，這也算是一種命中註定吧。

「不過，我很為你們開心。」他忽然說：「當初妳的選擇……應該就是命中註定吧。」

原來，他也想到一樣的事。她有點感動，「謝謝你。」

後來，鄭豫凱的兒子上完廁所了，他冷冷靜靜地走向爸爸，鄭豫凱也回以安靜溫柔的笑容。月見看著，覺得這小朋友還真像鄭豫凱。果然，孩子是不能隨便偷生的啊。

再聊一會兒，月見就說要回班上了。他也點頭，並和她說有空再聯絡。才走到一半，月見就聽見附近傳來薛初凡和女兒的聲音。

「爸爸！你最帥了！別怕，上去罵他！」這是她的笨蛋女兒。

「也對！我應該要上去罵那傢伙，叫他別這麼多年了還纏著月見！」這是她的笨蛋老公。

唉，搞屁啊。

不過，她才剛靠近那兩人藏匿的轉角，就又聽見薛初凡唸唸有詞。

「算了，還是別打擾他們好了……」

她一愣，非常納悶。

吃完晚飯後，女兒累得半死，就回家洗洗睡了。薛初凡覺得剛才好像沒吃飽，就又煮了泡麵。月見在旁邊幫他，沒多久，就看他在餐桌上吃得津津有味。

總覺得……

好像很幸福呢。

「薛初凡，你今天怎麼沒跟鄭豫凱打招呼？」她忽然問。

他差點把麵條嗆到氣管裡，「啊？妳發現了喔……」

「廢話，你跟甯甯喊得那麼大聲。」

「哈哈！唉，妳別介意嘛，我怎麼可能會想跟那傢伙說話。」

「都這麼多年了……」

薛初凡望著她，語氣無奈，「一樣啦！男人都不允許別人覬覦自己女人的。」

「喔，是嗎。」她敷衍他。

「真的啦！不過，我覺得我也有進步啊。」他撐住下巴，「我忍住沒上去阻礙你們耶！妳是不是應該獎勵我？」

「獎勵什麼啊？」她翻白眼，但又好奇，「你為什麼忍住了？」

薛初凡怨懟地看她一眼，聲音卻是溫柔的，「還不是因為……你們看起來很開心。」

「咦？」

「我知道啦！你們也有美好的回憶啊。所以，我才沒有上去把妳拉開。」他輕輕笑了笑，「總之，月見很愛我，這點我已經知道了。這次我就忍一時風平浪靜囉！」

唉，又在胡說八道。但，她也相信他是真的成長了。那個大醋桶，總算有成熟的時候呢。

她看著他吃麵的側臉，多麼溫柔愜意，彷彿這就是由每個日常所堆砌而成的幸福。她已經知道了，他有多麼愛她。

她也知道，之後的之後，日子好像就會這麼過下去。

在幸福的日常裡，永不缺席。

薛初凡：妳才不知道我有多愛妳。那些誓言，都還不足夠百萬分之一。不過這輩子這麼長，終其一生，妳總會知道的。

【外章完】

後記　總有一天，總會來的

嗨，我是凝微！過了快一年，又跟大家見面啦。我總說我的讀者有點可憐，每本書都等超久，我也很不好意思。不過，從今年開始，應該不會等那麼久了。我很努力地在寫新故事，也很期待能快一點跟大家分享，請你們再等我一下下喔！

說起這本書，對我來說真的是意義非凡。元老一點的小微光都知道，這本書的前身是《守望最後的，溫柔》，後來又改名成《溫柔最痛》，最後才成為了現在的《月見似妳，溫柔如他》。

而且，這本書最初的完成時間是在「八年前」！驚不驚喜，意不意外？（喂）

我也很感謝出版社和我的責編齊安，讓這個塵封多年的故事有機會出版。在修稿的過程中，我真是妥妥地體會了什麼叫「地獄」，還差點把八年前的凝微抓回來揍。（對，那時候的筆名也是凝微）

不過，因為修稿這件事，我也有了很多感觸。比如說，八年前的我總是費盡心思地想把女主角寫得很悲慘，試圖描寫出她內心的憂鬱和掙扎，好讓這個角色讀起來悲傷又立體。可是，以現在的眼光來看，我覺得那根本就不是憂鬱。

應該說，我才知道那時候的我有多快樂啊。

八年後的現在，在看完那些文字後，我真的很想跟那時候的自己說：悲傷是什麼？妳還是永遠不要

懂好了！（笑）

我知道，這可能也算是一種成長。我也不討厭現在的生活、現在的自己，只是，總會仰望過去那個毫無憂慮的我。人不都是這樣嗎？以前的我們雖然很幼稚，但至少很快樂；現在呢？時光讓我們變得成熟，卻也不知不覺丟失了最初的心。

雖然，察覺這個事實，我應該要感到難過，但我在修稿的時候還是笑著的。我不否認，可能眼眶有一點濕吧！不過，我就像在遠處看著一路走來的自己一樣，更想替她加油打氣。我也很感謝她，能從純真變得世故，能更深一層地理解這個世界，還有自己。

對了，和過去的自己在文字裡深度對話，感覺還挺不錯的！（笑）

最後，我很希望你們能喜歡這個故事。這大概是我寫過最可憐的一個女主角，哈哈！但，我相信大家也能從她的故事中找到一部分的自己。不論是家庭失和、友情考驗，甚至是人際關係，應該或多或少都遇過吧。

其實，因為這本書是愛情小說的關係，薛初凡當然幫助了月見很多，也協助她走出大部分的陰霾。不過，我也不斷在故事中表達了一個意念：每個人，都一定要溫柔地對待自己。並且，勇敢地愛上自己。

現實中，往往不會有那麼恰好的人出現。可是，如果你學會善待自己，並為了自己而勇敢，我相信一切一定會有所不同。或許，我們不會馬上就變得幸福，但，等時間拉長，總有一天會的。

願大家的「總有一天」，都能在最恰當的時機來臨。

對了，雖然觸及率很低，但還是希望大家能來按讚粉絲團，並設為搶先看！這樣，就不會錯過任何一個有關凝微作品的消息囉！
粉絲團：凝微花間遊．Flora
官方LINE：@clz8342n
我們下一個作品再見！

凝微

要青春47　PG2266

要有光
FIAT LUX

月見似妳，溫柔如他

作　　者	凝　微
責任編輯	喬齊安
圖文排版	林宛榆
封面插畫	小不忍
封面完稿	楊廣榕

出版策劃	要有光
發 行 人	宋政坤
法律顧問	毛國樑　律師
印製發行	秀威資訊科技股份有限公司 114台北市內湖區瑞光路76巷65號1樓 電話：+886-2-2796-3638　傳真：+886-2-2796-1377 http://www.showwe.com.tw
劃撥帳號	19563868　戶名：秀威資訊科技股份有限公司 讀者服務信箱：service@showwe.com.tw
展售門市	國家書店（松江門市） 104台北市中山區松江路209號1樓 電話：+886-2-2518-0207　傳真：+886-2-2518-0778
網路訂購	秀威網路書店：https://store.showwe.tw 國家網路書店：https://www.govbooks.com.tw
總 經 銷	聯合發行股份有限公司 231新北市新店區寶橋路235巷6弄6號4F 電話：+886-2-2917-8022　傳真：+886-2-2915-6275

出版日期	2019年5月　BOD一版
定　　價	280元

國家圖書館出版品預行編目

月見似妳,溫柔如他 / 凝微著. -- 一版. -- 臺北
市 : 要有光, 2019.05
面 ;　公分. -- (要青春 ; 47)
BOD版
ISBN 978-986-6992-14-8(平裝)

857.7　　108006708

讀者回函卡

感謝您購買本書，為提升服務品質，請填妥以下資料，將讀者回函卡直接寄回或傳真本公司，收到您的寶貴意見後，我們會收藏記錄及檢討，謝謝！
如您需要了解本公司最新出版書目、購書優惠或企劃活動，歡迎您上網查詢或下載相關資料：http:// www.showwe.com.tw

您購買的書名：________________________________

出生日期：________年________月________日

學歷：□高中（含）以下　□大專　□研究所（含）以上

職業：□製造業　□金融業　□資訊業　□軍警　□傳播業　□自由業
　　　□服務業　□公務員　□教職　□學生　□家管　□其它____

購書地點：□網路書店　□實體書店　□書展　□郵購　□贈閱　□其他

您從何得知本書的消息？

□網路書店　□實體書店　□網路搜尋　□電子報　□書訊　□雜誌
□傳播媒體　□親友推薦　□網站推薦　□部落格　□其他________

您對本書的評價：（請填代號　1.非常滿意　2.滿意　3.尚可　4.再改進）

封面設計____　版面編排____　內容____　文／譯筆____　價格____

讀完書後您覺得：

□很有收穫　□有收穫　□收穫不多　□沒收穫

對我們的建議：________________________________

____

____

____

請貼
郵票

11466
台北市內湖區瑞光路 76 巷 65 號 1 樓

秀威資訊科技股份有限公司 收

BOD 數位出版事業部

....

（請沿線對折寄回，謝謝！）

姓　　名：＿＿＿＿＿＿＿＿　年齡：＿＿＿＿　性別：□女　□男

郵遞區號：□□□□□

地　　址：＿＿＿＿＿＿＿＿＿＿＿＿＿＿＿＿＿＿＿＿

聯絡電話：(日) ＿＿＿＿＿＿＿＿＿＿　(夜) ＿＿＿＿＿＿＿＿＿＿

E-mail：＿＿＿＿＿＿＿＿＿＿＿＿＿＿＿＿＿＿＿＿